Bianca™

Amante por una noche

Anne McAllister

HARLEQUIN™

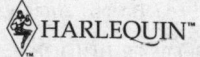

Editado por HARLEQUIN IBÉRICA, S.A.
Núñez de Balboa, 56
28001 Madrid

© 2009 Barbara Schenck. Todos los derechos reservados.
AMANTE POR UNA NOCHE, N.º 2002 - 26.5.10
Título original: One Night Mistress... Convenient Wife
Publicada originalmente por Mills & Boon®, Ltd., Londres.

Todos los derechos están reservados incluidos los de reproducción, total o parcial. Esta edición ha sido publicada con permiso de Harlequin Enterprises II BV.
Todos los personajes de este libro son ficticios. Cualquier parecido con alguna persona, viva o muerta, es pura coincidencia.
® Harlequin, logotipo Harlequin y Bianca son marcas registradas por Harlequin Books S.A.
® y ™ son marcas registradas por Harlequin Enterprises Limited y sus filiales, utilizadas con licencia. Las marcas que lleven ® están registradas en la Oficina Española de Patentes y Marcas y en otros países.

I.S.B.N.: 978-84-671-7946-0
Depósito legal: B-12529-2010
Editor responsable: Luis Pugni
Preimpresión y fotomecánica: M.T. Color & Diseño, S.L.
C/ Colquide, 6 portal 2 - 3º H. 28230 Las Rozas (Madrid)
Impresión y encuadernación: LITOGRAFÍA ROSÉS, S.A.
C/ Energía, 11. 08850 Gavá (Barcelona)
Fecha impresion para Argentina: 22.11.10
Distribuidor exclusivo para España: LOGISTA
Distribuidor para México: CODIPLYRSA
Distribuidores para Argentina: interior, BERTRAN, S.A.C. Vélez Sársfield, 1950. Cap. Fed./ Buenos Aires y Gran Buenos Aires, VACCARO SÁNCHEZ y Cía, S.A.
Distribuidor para Chile: DISTRIBUIDORA ALFA, S.A.

Capítulo 1

NATALIE metió el coche en el garaje de debajo del apartamento de su madre, apagó el motor y sintió un pánico distinto a todo lo que había sentido en los últimos tres años.

—Completamente innecesario —se dijo con firmeza en voz alta para superar los nervios.

Oír algo era la mejor forma de creerlo y ella se lo creía.

—No seas estúpida —se dijo—. No es para tanto.

Y no lo era. Iba a cuidar de un gato, ¡por Dios! Regar unas plantas y vivir en el apartamento de su madre dos o tres semanas porque ella tenía que irse a Iowa a cuidar de su madre por una operación de cadera. Y mientras que el gato era transportable, el árbol del caucho de más dos metros, no.

—Se suponía que lo iba a hacer Harry —había explicado Laura Ross en tono de disculpa por teléfono temprano esa misma mañana—. Ya sabes, el chico de enfrente, pero se ha roto la pierna anoche. Una fractura en espiral, dice su madre. Ni siquiera puede caminar. Siento tener que pedírtelo...

—No pasa nada, está bien —se había hecho Natalie decir—. Claro que lo haré. Me gustará —había mentido.

Así que allí estaba. Todo lo que tenía que hacer era salir del coche, rodear el edificio y subir las escaleras hasta el apartamento de su madre, abrir la puerta y entrar.

Ya lo había hecho una vez ese día. Había ido a recoger a su madre para llevarla al aeropuerto esa mañana y lo había hecho sin problema. Sin preocupaciones de ninguna clase.

Porque no había ningún peligro de encontrarse con Caetano Savas entonces.

Tampoco había muchas posibilidades en ese momento.

¿Qué probabilidad había de que ella estuviera rodeando el edificio para subir las escaleras en el mismo momento en que el casero de su madre, y su jefe, saliera de su porche trasero?

Escasas, decidió. Ninguna era preferible, claro. Rogó a Dios no tener que verlo en las siguientes dos o tres semanas. Pero incluso aunque lo hiciera, se dijo, era una mujer adulta. Podría sonreír amablemente y seguir su camino. Qué le importaba lo que pensase él. ¡No le importaba!

—Muy bien —dijo en el mismo tono que su madre empleaba con ella cuando era pequeña—. La hierba no se corta mirando la segadora —como decía su madre cuando su hermano Dan o ella se resistían a hacer algo.

La frase se había convertido en una expresión hecha que se aplicaba en la familia cuando alguien se resistía a hacer algo.

Por supuesto, su madre no tenía ni idea de por qué había pasado los tres últimos años evitando a Caetano Savas, y nunca lo sabría.

Respiró hondo y salió del coche con cuidado de no golpear con la puerta el Jaguar de Caetano. Era el mismo que tenía tres años antes. Había montado una vez en ese coche con la capota bajada, echado la cabeza hacia atrás y sentido el viento en el cabello, reído y, echando una mirada al hombre que conducía, se había atrevido a soñar cosas ridículas.

Se dio la vuelta y cerró el coche con un poco más de firmeza de la necesaria. Abrió la parte trasera, sacó el ordenador portátil y la maleta con la ropa, cerró y, con el corazón latiéndole un poco más fuerte de lo normal, abrió la puerta del jardín. Estaba vacío.

Volvió a respirar. Después, tras mirar de soslayo la enorme casa de Caetano en el otro extremo del jardín que su madre había convertido en lo más parecido que había en el Sur de California a un viejo jardín inglés, giró bruscamente a la derecha y subió las escaleras de madera que llevaban al apartamento de Laura.

Desde el porche contempló la amplia calle que llevaba al paseo marítimo y la playa. Estaba vacía. Dejó la maleta y el ordenador en el suelo y buscó en el bolso las llaves de la casa.

Eran casi las seis. Su madre le había dicho que Caetano solía ir a hacer *surf* después del trabajo y luego volvía a cenar sobre las seis y media.

—¿Cenas con él? —había preguntado ella sorprendida por tanta información.

—No me gusta cocinar para mí sola —había dicho su madre mientras hacía el equipaje.

—¿Cocinas para él?

—Cocino para mí —había dicho remilgada su madre al ver el gesto de desaprobación de su hija—. Pero hago suficiente para dos.

—Vale, yo no cocinaré para él —había dicho ella con firmeza.

—Claro que no. Tampoco creo que lo espere.

«No», había pensado ella, «y seguramente no querrá que lo haga».

—Ni siquiera sabe que estarás tú aquí —había seguido diciendo su madre alegrándole el día—. Sabe que he hablado con Harry para que venga él. Cuando Carol, la madre de Harry, me ha llamado esta mañana, no se lo he dicho a Caetano porque seguro que se sentía responsable. Habría pensado que debía ocuparse de Herbie y de las plantas, y seguro que no podría. Está demasiado ocupado para eso.

Bueno, quizá no le había alegrado tanto el día. Pero sabía que su madre decía la verdad. No hacía falta que le recordasen cómo trabajaba Caetano Savas. Había sido su ayudante. Y si no sabía que ella estaba allí, mejor. Quizá podría hacer que las cosas siguieran así.

Encontró las llaves, seleccionó la de la puerta de casa de su madre, la metió en la cerradura y abrió. Echó una última mirada al océano y vio la musculosa silueta de un hombre que se dirigía a la parte de arriba de la playa con una tabla de surf. Recogió sus cosas y se apresuró a entrar en la casa. En la bendita sombra interior soltó las bolsas, cerró los ojos y respiró aliviada.

–¿Natalie? –la voz sonó ronca, masculina y tan conmocionada e incrédula como lo estaba ella.

Abrió los ojos. Parpadeó y abrió los ojos esperando ver el salón vacío y el gato. No esperaba ver a un hombre acuclillado al lado de la chimenea y que se irguió hasta poner derecho su metro noventa para mirarla con desconfianza.

Sintió que se le secaba la boca.

–¿Caetano? –apenas balbució su nombre y también frunció el ceño.

Sus miradas se encontraron y después dijeron al unísono:

–¿Qué demonios haces aquí?

–Vivo aquí. Ahí –enmendó mirando hacia el jardín y después a la maleta de ella–. ¿Para qué es eso?

–Me vengo a vivir aquí –dijo en tono firme–. Temporalmente.

–¿Para qué?

–Voy a ocuparme de Herbie y de las plantas.

—Tu madre dijo que Harry...
—Se ha roto una pierna.
—No me había enterado –dijo en tono incrédulo apoyando un brazo en la repisa de la chimenea.
—Siéntete libre de ir a casa de Harry y preguntar. Puede que tengas razón. Quizá esto sea algún complot de mi madre para juntarnos.
—No haría algo así –gruñó él.
—No, no lo haría –seguro que su madre pensaba que era hora de que su hija de veinticinco años empezara a buscar marido, pero no se entrometería.
—Yo puedo ocuparme del gato y de las plantas –dijo él en un tono que no parecía de sugerencia.
Más bien pareció una orden, y Natalie se enfureció.
—Seguro que puedes –dijo estirada–, pero mi madre no te lo ha pedido. Me lo ha pedido a mí. Y voy a hacerlo –casi oyó rechinar los dientes–. Así que ya sabemos qué hago yo aquí. ¿Y tú? No creo que tengas la costumbre de colarte en el apartamento de mi madre. Espero.
—No –en ese momento sí apretó los dientes–. No tengo esa costumbre. Estaba tomando unas medidas para unas estanterías –extendió una mano en la que había un metro.
—¿Estanterías? –preguntó llena de dudas.
—Siempre me está diciendo lo que le gusta esta habitación, y que sería perfecta si tuviera estantes con libros a los dos lados de la chimenea –se encogió de hombros y estudió el espacio que había detrás de él. Torció la boca–. Una tardía sorpresa de cumpleaños.
Natalie se sorprendió de que supiera cuándo era el cumpleaños de su madre, la semana anterior.
—¿Y pensabas hacer que las pusieran mientras está fuera?
—No, pienso ponerlas yo mientras está fuera.

Se miraron. Una sensación especial que Natalie no quería reconocer surgió entre ambos. Esa tensión había estado presente desde que había oído su voz y abierto los ojos. Era una sensación que no había experimentado con nadie más, jamás. En su momento había pensado que la comprendía. La había cultivado, se había deleitado en ella.

En ese momento no quería tener nada que ver con ella.

—Bueno, pues no puedes —dijo, y cruzó los brazos.

Él apretó la mandíbula, pero no dijo nada. Seguían sosteniéndose las miradas.

—Bueno —dijo él—. Terminaré de medir ahora. Encargaré la madera. La colocaré cuando ella vuelva y así revolveré todo el salón con ella dentro —se dio la vuelta y se arrodilló a medir.

Natalie se quedó mirando su espalda. ¿Por qué había pensado una vez que quería pasar el resto de su vida con ese hombre? ¿Por qué se había enamorado de él?

No lo había hecho, se dijo cortante. Se había encaprichado, había sido víctima de un choque entre una tonta oficinista estudiante de leyes y una brillante litigante. Había quedado aturdida por su brillantez, su extraordinaria buena presencia y la perversa química sexual que había parecido surgir entre ellos cada vez que coincidían en un espacio.

«Y el beso», le recordó su memoria. «¡No olvides el beso!»

No, no podía olvidar ese beso. Por mucho que lo había intentado jamás había sido capaz de olvidar por completo el momento en que sus labios se habían encontrado con los de Caetano. Había sido el beso más abrasador en sus veintidós años de vida. La cosa más ardiente en toda su vida, incluso en la que había vivido después. Pero eso no iba a volver a repetirse, daba lo mismo qué pensase Caetano Savas. Y no era un secreto lo que él pensaba, se dijo en ese momento mirándolo.

—De acuerdo —dijo brusca—. Adelante, pon los estantes.

Estaba arrodillado en el suelo, a punto de medir, pero le dedicó una rápida mirada y vio al instante esa tensión que esperaba. Le dedicó una sonrisa sarcástica.

—No te preocupes. Me mantendré completamente alejada de ti. No te molestaré. No te invitaré a mi cama y no me meteré en la tuya. Estás a salvo —utilizó un tono de broma.

Pero los dos sabían que no bromeaba. Se estaba riendo de sí misma, de la ingenua chica que había tomado una relación de trabajo de verano, una sensación de afinidad que, en retrospectiva, sólo había partido de uno de los lados, y un solo y espontáneo beso para celebrar un triunfo en un juzgado como algo más profundo. Una chica que había pensado que él debía de amarla del mismo que modo que ella creía que lo amaba a él... y se había metido en su cama para demostrarlo.

¡Era imposible que volviera a cometer un error como ése!

—Si estás segura... —empezó Caetano.

—Claro que lo estoy —abrazó el ordenador como si fuera un escudo—. Estaba sólo... sorprendida por verte aquí dentro —no quería que él pensase que lo había estado intentando evitar, aunque hubiera sido así. Dejó el ordenador en la mesa de la habitación de su madre—. Voy a quitar todo esto del medio y ahora te ayudo a medir.

—No necesito ayuda —dijo en un tono que no admitía discusión.

Lo que significaba que no se creía que no fuera a saltar sobre él.

—Bien. Apáñatelas solo —se encogió de hombros y llevó la maleta a la habitación.

Podría perfectamente dejar la maleta en la cama y vaciarla después, pero volver a una habitación en la que no era bienvenida no le pareció buena idea.

Y había muchas cosas que hacían recomendable quedarse donde estaba. Podía aprovechar para colocar la ropa y recuperar el equilibrio en el proceso.

No había querido encontrarse con Caetano. Había hecho todo lo posible por evitarlo los últimos tres años porque aún se sentía mortificada cada vez que pensaba en aquella noche en su apartamento. La noche que lo había esperado en su cama. Incluso en ese momento le ardían las mejillas al recordarlo.

Que hubiera quedado conmocionado al encontrarla allí cuando él había vuelto tarde a su casa tras una cena de negocios. Había esperado esa conmoción, pero también que le hubiera agradado la sorpresa.

Pero se había equivocado. La mortificaba pensar en lo mal que había interpretado las cosas. Y no estaba acostumbrada a quedar como tonta.

Mientras colgaba su ropa en el armario trató de pensar en otra cosa y no prestar atención a los ruidos que él hacía en la habitación contigua. No volvería a lanzarse a su cama otra vez. Pero todo sería mucho más fácil si esa primera humillación y la subsecuente maduración por vía rápida se completaran con una total indiferencia hacia ese hombre. Por desgracia, no era así.

Algo en Caetano Savas aún tenía la capacidad de hacer que el corazón se le acelerase. ¿Su espeso cabello negro? ¿Su mandíbula y pómulos cincelados? ¿Su afilada nariz e insondables ojos verdes? ¿Su larguirucho pero musculoso cuerpo que aparecía tan deseable dentro de esos vaqueros desteñidos y camiseta gris? ¿Todo junto? Por desgracia, sí.

Pero había algo más. Siempre lo había habido.

Si la belleza de Caetano era lo primero que la había atraído el verano que había trabajado en la empresa de la que su padre era socio, muy pronto había sido algo más que ese bonito rostro y ese cuerpo fantástico lo que había atraído su interés.

Su tranquila intensidad, su trabajo duro y su aguda inteligencia eran igual de apetecibles. Sus incisivos argumentos y su facilidad de palabra. Había quedado abrumada por el joven litigante y no le había costado mucho enamorarse.

Había crecido con la historia del cortejo y matrimonio de sus propios padres: él, un joven abogado, y ella, una trabajadora de su despacho. Amor a primera vista. Así solía explicárselo Laura a sus hijos. Así que a ella no le había costado mucho creer que lo suyo con Caetano fuera una variación sobre el mismo tema.

Alentada por su historia familiar y consciente de la electricidad que llenaba el aire cada vez que los dos se miraban, había visto esa relación como su destino. Y había hecho todo lo posible para que la historia se repitiera.

No había sido fácil. Caetano había estado absorbido por su trabajo, no por la oficinista de verano en el departamento de seguridad. Raras veces habían coincidido en la misma habitación a pesar de que ella colaboraba en la investigación de un complicado caso de seguridad que llevaba él.

Jamás habría caído en la trampa de su propia ilusión si no lo hubiera encontrado una tarde en la biblioteca revisando libros y tomando notas furiosamente con el ceño fruncido murmurando entre dientes.

–¿Algún problema? –había preguntado ella.

–Alguno no –había dicho él tenso–. Todos.

Acababa de ser nombrado defensor *ad litem* de un chico de siete años llamado Jonas inmerso en un caso de divorcio de una pareja de millonarios.

–¡No sé nada de derecho de familia! ¡No sé nada de niños! Ni siquiera sé por dónde empezar.

Eso no era cierto, por supuesto. Sabía mucho y desde luego por dónde empezar. Sólo estaba frustrado, superado. Momentáneamente vulnerable.

Y ella, cuyo corazón aleteaba como un pajarillo, se ofreció a ayudar:

–Si quieres, podría hacer alguna búsqueda en mi tiempo libre. Será una buena práctica –había añadido sonriendo llena de esperanza notando de nuevo esa electricidad entre ambos.

–Sí –había dicho él–. Si no te importa. Te diré lo que necesito.

Las siguientes tres semanas había trabajado para él. Horas de comidas, tardes, fines de semana. Había pasado todo su tiempo que no hacía de administrativa con la nariz metida en un libro o delante de una pantalla de ordenador tomando notas que después entregaba a Caetano, que estaba en su despacho tan tarde como ella.

–Eres una estrella –le había dicho él cuando había encontrado unos casos que ayudaban especialmente.

Y se había mostrado igual de agradecido por los sándwiches de pastrami que le llevaba ya que ni siquiera salía a comer.

Él había deseado detenerse y explicarle las cosas a ella cuando se atrevía a hacerle preguntas. Y algunas veces, cuando ella encontraba algo y gritaba de alegría, se había inclinado sobre su hombro tan cerca que podía sentir su aliento en el cabello.

–Estupendo, esto puedo utilizarlo –decía él.

Y ella alzaba la vista para ver la sonrisa que iluminaba su rostro. Sus miradas se encontraban.

Y ella se había atrevido a creer. Pero no lo habría hecho del todo sin ese beso.

Llegó sin avisar el día que él se había reunido con los intratables padres de Jonas y les había convencido de que era un niño y no una cubertería de plata o una alfombra oriental. Ella estaba en el aparcamiento, caminaba hacia su coche en el momento en que él salía del suyo, volvía de la reunión sobre Jonas. Ella se había detenido, había esperado a que él saliera; esperaba malas noticias. Pero la alegría que había en su rostro cuando había cerrado la puerta del coche era algo que jamás olvidaría. Se le aceleró el corazón.

–¿Han...? –empezó.

–Sí. Por fin –había dicho, y de pronto estaba delante de ella y la había abrazado.

Instintivamente ella había alzado el rostro para sonreír... y se habían besado.

Ella podía tener sólo veintidós años y no ser la mujer más experimentada del mundo, pero sabía que había besos y besos.

Ese beso había empezado como de pura felicidad, pero en un segundo se había convertido en algo muy distinto. Lo mismo que una sencilla chispa podía provocar una deflagración.

Jamás se había sentido así antes.

El beso no duró mucho. Apenas un segundo o dos antes de que él la soltara y diera un paso atrás bruscamente mirando a su alrededor como si esperase que le disparasen. Si alguien los había visto, no le dispararían, pero se enfrentaría a la ira de los socios mayores y perdería el trabajo.

–Será mejor que te vayas a casa –había dicho él con voz áspera antes de dirigirse al ascensor sin mirar atrás.

Ella no se movió. Se había quedado paralizada con los dedos en los labios memorizando la sensación, la creencia de que había algo sólido en los sueños de futuro que había alimentado.

Por supuesto, había sido sólo un instante. Pero un solo beso de Caetano Savas casi la había hecho arder entera. Incluso en ese momento, al pasarse la lengua por los labios, aún podía saborearlo...

–Ejem.

Al escuchar el carraspeo detrás de ella, se volvió con el rostro ardiendo. Caetano estaba en el umbral de la puerta del dormitorio de su madre.

–¿Qué? –dijo ella.

–He terminado de medir. Encargaré la madera por la mañana. Después tendré que lijarla y barnizarla antes de ponerla. Te avisaré muchas veces –dijo en tono muy apropiado y de negocio.

Exactamente del modo que ella lo quería. Asintió y dijo:

–Gracias –después añadió, porque era verdad–: Mi madre lo apreciará.

–Eso espero. Me gusta tu madre.

–Sí –el sentimiento era mutuo, pensó ella.

Para Laura el sol salía y se ponía en Caetano y no entendía por qué ella rechazaba las invitaciones a las cosas que asistía él.

Aun así se miraron fijamente. Y allí estaba otra vez esa maldita electricidad, esa desgraciada atracción. Y aun así él no se marchaba. Quizá tenían que dejar las cosas más claras.

–Mi madre ha dicho que tú regarías las plantas del jardín.

–Sí, ha pensado que sería demasiado para Harry.

–Seguro que tiene razón. Pero como Harry ya no

sale en la foto, puedo hacerlo yo. No quiero que nadie me haga un favor... –dijo incómoda.
–Dejémoslo como lo había organizado ella.
–De acuerdo –mejor las cosas claras y cada uno en su sitio.
Por fin él se volvió al salón y después la miró por encima del hombro.
–Quizá nos veamos por aquí.
–Quizá –no se movió.
Vio alejarse su espalda, oyó sus pasos desvanecerse, la puerta abrirse y cerrarse, el sonido de sus pisadas fuera. Sólo entonces volvió a respirar y dijo en voz alta lo que pensaba:
–No si yo te veo primero.

Natalie Ross. Tan guapa y tentadora como siempre. Justo en la maldita puerta de al lado.
Tamborileó con los dedos en la silla del escritorio, suspiró, se frotó los ojos y después se echó hacia delante y trató de concentrarse de nuevo. No funcionó. Llevaba toda la tarde intentando concentrarse. Normalmente eso no era un problema. Habitualmente trabajaba bien después de cenar, estaba todo en silencio y no había clientes, ni llamadas de teléfono, ni papeles que firmar o cualquier otra clase de distracción. Esa noche no era así.
Esa noche cada vez que trataba de dirigir su mente hacia donde podría el pronto ex marido de Teresa Holton tener bienes ocultos que todo el mundo sabía que tenía, su mente, no, peor, sus hormonas, tenían otra idea: querían concentrarse en Natalie.
Era porque había estado demasiado absorto en el trabajo últimamente, se dijo. Excepto por la hora o así que hacía surf por las tardes después del trabajo, no se

había tomado ni un momento libre en semanas. Sufría una deprivación hormonal. Habían pasado dos meses desde que Ella, la mujer que durante el año anterior había sido el objeto de sus atenciones, había decidido que quería ser algo más que una relación ocasional sin compromisos.

Como él no quería, algo que había dejado meridianamente claro desde el principio, había dejado que se marchara sin una sola queja. Pero no había tenido ni tiempo ni ganas de buscarle sustituta. Seguía sin tener tiempo. Y sobre las ganas... Sus hormonas se inclinaban peligrosamente hacia Natalie. No había peor mujer en el mundo para una relación sin compromisos que ella. Era la hija de su madre hasta la médula.

Aunque Laura estaba divorciada de Clayton Ross, nunca había sido ésa la idea de Laura. Había sido Clayton quien se había largado con su pasante dejando a Laura que se las arreglase sola después de veinticinco años de matrimonio. Y así lo había hecho ella, pero seguía creyendo en el matrimonio y los hijos como algo para toda la vida. Lo mismo pensaba Natalie, él lo sabía por instinto.

Resuelto agarró el lápiz y tamborileó en el escritorio tratando de estimular las neuronas. Pero sus células cerebrales no necesitaban estimulación. Tenían mucha, de sobra. Sólo que no estaba centrada en el caso Holton. Tenían otra cosa, otra persona, en quien pensar.

Lo mismo que otra parte de su anatomía.

Irritado, Caetano se levantó de la mesa y paseó por la habitación. Su despacho estaba en la parte trasera de la casa con un enorme ventanal que daba al jardín de Laura. Estaba oscuro. No podía ver las flores pero, si alzaba la vista, podía ver la luz en su apartamento. Las cortinas estaban echadas, pero Natalie, si quisiera, podría ver dentro de su despacho. Podría verlo pasear.

Cruzó la habitación y cerró la persiana. Deseó poder cerrar igual sus pensamientos sobre ella.

Sabía, por supuesto, que Laura no pretendía complicarle la vida pidiendo a su hija que fuera a hacerse cargo del gato y las plantas. Laura protegía tanto su tiempo como lo hacía él. Sobre todo porque si no, le habría pedido a él que se hiciera cargo de todo al no poder Harry.

Pero se lo había pedido a su hija.

Claro, que ella no tenía ni idea de su historia con su hija. Bueno, tampoco había ninguna historia. Por su parte estaba completamente decidido a que no hubiera ninguna historia. Excepto por ese desastroso y completamente espontáneo beso.

Se pasó las manos por la cara al recordarlo. Hasta ese momento no había hecho nada tan estúpido y después tampoco. Siempre había sido impecable en su conducta en el trabajo. Y aunque el aparcamiento no fuera estrictamente su lugar de trabajo, eso era una triquiñuela legal que él conocía mejor que nadie. Natalie trabajaba en su empresa y, si él no era su jefe, sí estaba en una posición dominante, y debería haberlo tenido en cuenta.

Sencillamente había sido una combinación de alivio y felicidad. Y deseo. Había que llamar al pan, pan y al vino, vino. Pero eso no hacía que el deseo desapareciera. Los viejos recuerdos volvieron. Los recuerdos de unas pocas horas antes también.

Paseó un poco más. Apoyó las palmas de las manos en la mesa y miró el papel en el que había intentado tomar notas. No entendía lo que había escrito. Las visiones de Natalie se colaban por los rincones de su mente.

–Para –se dijo cortante.

Era perverso el deseo que sentía por el delgado pero lleno de curvas cuerpo de Natalie, tan perverso como lo había sido la primera vez.

Él no solía sufrir de un deseo tan galopante. Le gustaban las mujeres... en su sitio. Que no era su mente ni dentro de una relación. Sólo en su cama.

No había deseado enfermizamente a ninguna desde la adolescencia. A los treinta y dos años debería haber superado esas cosas. ¡Las había superado!

Había dejado a Natalie Ross una vez, por Dios. Había hecho lo correcto. Lo razonable. Lo único.

Dejó de intentar trabajar. Salió por la puerta principal y cruzó el paseo marítimo, tomó el sendero de la playa y empezó a correr.

«Bien», la palabra tomó forma en su cabeza. Había conseguido resistirse a Natalie antes. Sencillamente volvería a hacerlo.

Capítulo 2

EN TRES días, Natalie no vio a Caetano.
Bueno, no era del todo cierto. Lo había atisbado un par de veces por la mañana cuando se iba al trabajo mientras ella se tomaba su tiempo deliberando mirando por la ventana sobre si arriesgarse a salir del apartamento o trabajar en casa en el negocio de esposas de alquiler que tenía con su prima.

La noche del segundo día lo vio en el patio lijando las tablas que había encargado para la estantería de su madre. Esa vez había sido algo más que un atisbo. De hecho había estado de pie oculta sin poderle quitar los ojos de encima mientras el sudor le perlaba la espalda por el esfuerzo de lijar las tablas vigorosamente.

Se había quedado en la ventana hasta que a él le había sonado el móvil y, al volverse, su mirada se había encontrado con la de ella.

Al instante había dado un paso atrás ruborizada por si la había descubierto. Casi había pisado a Herbie al correr a la cocina a servirse un vaso de agua bien fría.

Al día siguiente no lo había visto. Había vuelto al apartamento un poco antes de la hora de la cena esperando poder encontrarse con él en el patio y preparándose para el encuentro. Pero no se encontró con nadie. Las tablas estaban en el garaje esperando el barniz.

La noche siguiente tampoco lo había visto. Su madre llamó esa noche.

–Debería haber llamado antes, pero no quería que pensases que te controlo.

–Gracias por el voto de confianza –dijo Natalie, y sonrió.

–¿Qué tal todo? ¿Me echa de menos Herbie?

–Claro. Pero todo va bien. Herbie medra y las plantas sobreviven.

–Normal –dijo su madre con satisfacción–. Sabía que podrías hacerlo. ¿Cómo está Caetano?

–¿Qué? –se le quebró la voz por lo inesperado de la pregunta.

–Me preguntaba cómo lo estará llevando Caetano –dijo Laura–. Sé que no le preparas la cena, pero esperaba que hubieras hablado con él, preguntado cómo le van las cosas.

–No parece estar muriendo de hambre –dijo seca–, así que supongo que tiene suministros –y luego añadió, sabiendo que a su madre le sorprendería su tono–: En realidad no lo he visto y no he podido hablar con él. Sólo el día que llegué.

–Espero que le vayan bien las cosas en el trabajo –dijo su madre–. Quien normalmente me hace la suplencia se ha ido, así que tuve que entrenar a otra mujer antes de irme. Estará bien –dijo, pero parecía un poco preocupada.

–Tendrás que preguntárselo tú a Caetano –dijo brusca.

–Ya lo he hecho –dijo Laura–. Le llamé anoche. Dice que todo está bajo control.

–Pues deberías creerlo.

–Lo sé. Lo creo –una pausa–. Pero parecía... no sé... estresado. Espero que me lo diga si algo no va bien –y añadió pensativa–: Oh, maldita sea, otra vez la campana.

–¿La campana?

–Tu abuela tiene una campana –suspiró–. La hace sonar cuando quiere algo.

–Déjame adivinar. Quiere cosas todo el rato –sonrió al pensar en su imperiosa abuela haciendo sonar una campana.

–Cada minuto –corroboró Laura–. Ya voy, madre. Te llamaré en unos días –dijo a Natalie–. Deséame suerte.

Natalie colgó y deseaba suerte a su madre en silencio cuando llamaron a la puerta.

La abrió y se encontró con Caetano con pantalones oscuros y camisa de manga larga de trabajo. Tenía el botón de arriba desabrochado, la corbata suelta y la chaqueta sobre el hombro.

–Tu madre dice que tienes una agencia de alquiler de esposas –dijo sin preámbulos.

Natalie parpadeó sorprendida.

–Así es –dijo ella.

–¿Alquiláis personal de oficina también?

–¿De oficina...?

–Necesito alguien que ocupe el lugar de tu madre –apretó la mandíbula.

–Pensaba que todo estaba bajo control –al ver que él frunce el ceño, se encogió de hombros y añadió–: Acabo de hablar con ella y me ha dicho que había hablado contigo y que todo iba bien.

–Mentí –dejó la chaqueta en la barandilla del porche–. No funcionan.

–¿Funcionan?

–La primera era mandona con los niños. Actuaba como si fuera una madre superiora.

¿Niños? Le llevó un momento saber de qué hablaba Caetano. Cuando pensaba en él lo hacía como miembro del bufete de su padre, pero él ya no trabajaba allí. Se había marchado poco después de ese verano y se había establecido por su cuenta... y se había especializado en derecho de familia. ¿Por Jonas? Siempre se lo había preguntado. Pero nunca lo había sabido.

–La despedí y me mandaron otra. Una a la que entrenó tu madre –añadió serio–. Y lloraba.

–¿Lloraba?

–Mucho. Cada vez que no encontraba algo –apretó los dientes.

–¿Cada vez que la gritabas?

–Yo no grito. He sido muy educado.

Seguro que sí. La glacial educación de Caetano era peor que un grito.

–¿Y se marchó? –adivinó Natalie.

–No, también la despedí. Y hoy me han mandado otras dos, pero eran un desastre. Las he devuelto. Y la agencia no tiene a nadie más hasta la semana que viene. Lisa puede venir el jueves. Conoce la oficina. Ha trabajado con tu madre. Ha trabajado conmigo. Pero no puedo dejar todo en suspenso hasta el jueves. Y –hizo una pausa y movió los hombros como para reducir la tensión– no puedo decírselo a tu madre. Regresaría.

–Puede que se alegrara –dijo con una sonrisa.

–¿Sí? –alzó las cejas.

–Sí –suspiró–. Pero no puede. Tiene que estar allí para que la abuela supere la convalecencia y pueda volver a valerse por sí misma.

–Eso es lo que he pensado yo y por lo que he mentido. Porque no quiero llamarla para que vuelva. Así que... ¿tienes a alguien? Sólo hasta el miércoles.

–Veré –dijo Natalie.

Y allí estaba otra vez esa sonrisa que hacía que se le parase el corazón.

–Fantástico –dijo él–. Mándala a mi despacho mañana por la mañana a eso de las ocho y media. Yo la pondré al día. Gracias.

Sabía que había una posibilidad muy remota de que Natalie le proporcionara una secretaria. No quería pedirle nada. Había estado distraído desde que ella había ocupado la casa de Laura.

No la había visto, excepto cuando la había descubierto mirándolo desde el apartamento mientras lijaba las tablas de la estantería. Pero había desaparecido al instante, como si no tuviera más deseo de verlo que el que tenía él de verla a ella.

Pero todo eso había sido antes de que se quedara sin ayuda en la oficina.

No podía creer que la agencia no tuviera a nadie más. Alguien que no llorase.

Laura nunca lloraba. Laura era dura o comprensiva según hiciese falta. No había nada que no pudiera manejar, ni sus clientes más difíciles, ni los intratables jueces o exigentes abogados de la parte contraria, ni los airados padres, ni siquiera a él mismo cuando sus padres decidían complicarle la vida.

Si había pensado que le hacía un favor ofreciéndole ese trabajo después de su divorcio, pronto se había dado cuenta de que había sido él el afortunado. Había conseguido que su despacho funcionara de un modo eficiente. Suavizaba a todo el mundo con quien entraba en contacto. Conseguía que se tranquilizaran, que pensaran con claridad.

–¿Cómo lo haces? –le había preguntado una vez.

–La práctica –se había echado a reír–. Durante veinticinco años he sido madre y esposa. No lo olvides.

Después le había contado que su hija estaba montando una agencia de trabajadoras temporales que podrían hacer lo mismo.

–Alquile una Esposa de South Bay, se llama –se había echado a reír y sacudido la cabeza.

–¿Tu hija? –sólo conocía a Natalie.

–Natalie. Ya la conoces del verano que trabajó en Ross y Hoy.

Sí, claro, la había conocido. Pero se limitó a asentir.

–Es abogada.

–No. Ha dejado la facultad de derecho.

–¿Ha dejado los estudios?

Recordó lo conmocionado que se había sentido por las palabras de Laura. Lo culpable. No habría sido por él, ¿verdad?

–Siempre quiso ser abogada –dijo Laura–. Siempre había sido la niña de papá. Pero cuando Clayton se marchó... –hizo una pausa y él había pensado que dejaría las cosas así, pero después de un momento, siguió–. Bueno, Natalie decidió que no quería ser como su padre –sonrió–. Dice que es más como yo... pero que le pagarán por ello.

–¿Paga por ello?

–Es una chica lista –se echó a reír–. Sophy, su prima, y ella han probado primero ellas a trabajar como «esposas». Ahora llevan la agencia y sólo lo hacen cuando no hay más remedio. Pero ella dice que sus «esposas» pueden hacer cualquier cosa que yo puedo hacer.

En ese momento, contemplando la mesa de su despacho llena de los papeles que la suplente del día anterior debería haber rellenado, esperó que fuera cierto. De otro modo los siguientes cuatro días iban a ser una pesadilla.

Miró su reloj. Eran casi las ocho. Empezó a buscar entre los papeles otra vez. Estaba desesperado y se preguntaba dónde habría dejado esa mujer el expediente Duffy. En ese momento oyó que se abría la puerta del despacho contiguo.

–Estoy aquí –gritó. Cerró el cajón justo cuando se abría la puerta–. Bien –dijo sin mirar–. Puedes empezar buscando aquí. Necesito los papeles Duffy.

–Bien.

Se volvió al oír la voz de Natalie. Abrió la boca, pero ella se la cerró con una sonrisa.

–No me preguntes qué demonios hago aquí –le advirtió–. Sabes lo que hago. Es el trabajo de mi madre –cerró la puerta y dejó su maletín en el suelo–. ¿Sorprendido?

–¿Vas a llevar mi oficina? –preguntó entornando los ojos.

Sólo verla con su falda recta azul marino y una blusa blanca de cuello alto debería haberle traído a la mente visiones de reprimidas escolares católicas. Estaba haciendo estragos en sus hormonas y provocando en él ideas decididamente inapropiadas. Y eso era lo último que le hacía falta.

–¿Qué sabes de trabajo de oficina? –exigió.

–Llevo una –dijo ella–. Y he trabajado en un despacho de abogados. Y conozco a mi madre. Además, no tenemos a nadie más. Así que a menos que encuentres a alguien... –dejó la frase sin terminar, pero él no dijo nada–. Y tienes razón –añadió–. No quiero que llames a mi madre.

Se miraron a los ojos. Había un desafío en los de ella. Quería discutir. Quería que se marchase porque, además de ese desafío, ese maldito chisporroteo seguía allí. Apretó la mandíbula.

Pero antes de que pudiera pensar en una alternativa, sonó el teléfono. Natalie estaba más cerca, así que atendió ella la llamada.

—Despacho de abogados Savas —dijo con voz cálida y profesional—. Sí. Estaré encantada. Ahora mismo estoy con el señor Savas. Deme un momento y echaré un vistazo a la agenda a ver si podemos concertar una cita —apartó el auricular y miró a Caetano—. A menos que quieras que no me haga cargo del trabajo —el desafío seguía en su mirada.

—Adelante —apretó los dientes—. Pero no llores. Tengo un caso que preparar.

Iba a ser una experiencia saludable. Cuatro días trabajando con Caetano y habría conseguido superarlo por completo.

Al menos eso era lo que se había dicho a sí misma desde que no había sido capaz de encontrar otra alternativa con Sophy.

—Bueno, supongo que tendrás que hacerlo tú.

—¡No quiero! —había protestado.

Había llamado a Sophy pasadas las seis después de pasar la mayor parte de la tarde mirando las fichas de posibles candidatas. Pero las que podían hacerse cargo de ese trabajo ya tenían otro puesto. Y ninguna era tan fuera de serie como para cambiarlo todo.

Había esperado que a su prima se le ocurriera alguien que pudiera hacer el trabajo de su madre, pero Sophy se había limitado a sugerir que lo hiciera ella.

—No puedo —había vuelto a insistir.

—¿Por qué no? ¿Porque te sigue gustando?

Sophy era la única persona a la que le había reconocido su atracción por él. Y por desgracia su prima tenía una memoria de elefante. Por suerte jamás le había confesado su humillación en el dormitorio de Caetano.

—No me gusta —dijo con firmeza—. Admito que una vez fue así, pero fue hace años. Era una cría.

–Ya, entonces no hay problema.

Sí lo había, pero no conduciría a nada discutir con su prima.

–Veré si se me ocurre algo –había dicho ella.

–Sabes lo que tienes que hacer. No te volveré a molestar hoy –y había colgado.

Después de que Sophy hubiera colgado, Natalie había seguido dándole vueltas a posibles alternativas. Pero más allá de llamar a su madre y contarle el problema, no se le ocurría ninguna. No podía hacer eso, no podía ser tan egoísta.

Así que se había arrastrado a la ducha, se había lavado y secado el pelo, vestido con un traje azul marino muy profesional. Era una armadura y lo sabía, pero se sentía como marchando a la batalla. Después, poco antes de las ocho, había vuelto a llamar a Sophy.

–Voy yo –había dicho sin preámbulos.

–Por supuesto –se notaba la satisfacción en su voz–. Sabía que lo harías.

Ella también lo sabía.

Y estaba decidida a empezar como pensaba continuar: como una consumada profesional. Así que cerró la puerta de Caetano y lo dejó allí con sus expedientes mientras se dirigía a la zona de recepción para terminar de atender la llamada de teléfono.

No era complicado ponerse en el lugar de su madre. Entendía el modo en que su madre hacía las cosas, su esquema de trabajo.

Laura jamás había hecho las cosas de cualquier manera como esposa y como madre. No era rígida, pero en casa de los Ross siempre había habido un sitio para cada cosa y las cosas siempre estaban en su sitio.

Así que no le costó nada abrir un cajón de la mesa de su madre y encontrar el libro de citas. Recorrió con la vista las citas de Caetano de la semana siguiente, comprendió rápidamente la distribución de tiempos del día, recuperó la llamada y ofreció tres posibilidades.

Anotó en el libro la elección del cliente, colgó el teléfono y se dio cuenta de que Caetano estaba en la puerta mirándola.

–¿Qué? –preguntó ella.
–Tres de las cuatro ni siquiera encontraron la agenda. Dos dijeron que debería estar en el ordenador.
–Mi madre jamás guardaría la agenda principal en el ordenador.
–Lo sé –se balanceó sobre los talones–. Imagino que también podrás encontrar el expediente Duffy.
–¿Lo archivó mi madre?
–Dios sabe.

La vida en el despacho de repente mejoró... y simultáneamente empeoró.

Era mejor en el sentido de que no tenía que dedicarse a rescatar y destraumatizar a clientes jóvenes a las que se les había dicho «siéntate ahí y no te muevas» señalando una silla.

Natalie encontró los libros y rompecabezas y juguetes que su madre guardaba en una armario y, si padres con niños o algún niño que él representaba tenía que esperar, los tenía tranquilos jugando hasta que él podía atenderlos.

Atendía las llamadas de teléfono sin interrumpirle. Tomaba notas legibles e informaba de conversaciones con precisión. Le llevó algo de tiempo encontrar el expediente Duffy, porque no estaba archivado, pero al final lo encontró en la carpeta de los juicios pendientes.

Cuando él era escueto y demandante, que tenía que admitir que a veces lo era, no se lo tomaba como algo personal y se echaba a llorar. Sencillamente hacía lo que había que hacer. Y más. Cuando se le olvidaba comer por asistir a una reunión, por ejemplo, encontraba un sándwich sobre la mesa cuando volvía.

Al final de la tarde podía decir que era tan eficiente como su madre. En sentido laboral, Natalie Ross era todo lo que se podía pedir. Su trabajo no era un problema en absoluto.

Verla sí lo era.

Cuando abrió la puerta de su despacho esa tarde sintió un puñetazo en el estómago al ver a Natalie en el asiento de Laura. Su madre era una mujer atractiva, pero Natalie era preciosa. Y había una luz y una vitalidad a su alrededor que hacía que fuera hermosa a otro nivel. Sonreía a Madeleine Dirksen, una de sus clientas más llorosas, mientras sostenía en el regazo a su hijo de dos años.

–Puedes entrar ya –dijo él a Madeleine.

–Yo me encargo de Jacob –dijo Natalie.

–¿No te importa? –preguntó Madeleine agradecida.

–En absoluto –aseguró Natalie mirando a Caetano–. Me ayudará a archivar papeles.

Caetano cedió el paso en la puerta a Madeleine esperando oír llorar a Jacob, pero ningún sonido llegó a sus oídos. Cuando salieron del despacho una hora después, se encontró a Natalie con el teléfono sujeto con el hombro, tomando notas con una mano y con la otra sujetando a Jacob, que se chupaba el pulgar mientras dormía.

–¡Qué maravilla! –dijo Madeleine enjugándose las lágrimas.

–Sí –dijo Natalie–. Lo llevaré al coche si quieres. Así no se despertará.

Cuando volvió tenía una pregunta sobre una de las cartas que le había pedido que mecanografiara.

–Mira –dijo ella–. Esto no tiene sentido –señaló una cosa en la pantalla del ordenador.

Él se acercó y descubrió que, si ver a Natalie lo alteraba, respirar su aroma lo distraía por completo. Al inclinarse por encima de su hombro le llegó el aroma de un champú de flores silvestres. No era un olor fuerte, era apenas evidente. Se acercó más y respiró hondo. Cerró los ojos.

—¿Te has dejado alguna palabra? —se volvió ella a preguntarle y sus rostros quedaron a pocos centímetros.

—¿Qué? —dio un salto hacia atrás—. ¿Qué palabra?

—No lo sé —dijo un poco airada—. Eres tú quien ha escrito la carta.

—Eh —tuvo que acercarse a leer y volvió a llegarle su aroma.

—¿Estás resfriado? —preguntó ella.

—¿Qué?

—Estás sorbiendo los mocos. ¿Tienes alergia?

—No, maldita sea, no tengo alergia —se dio la vuelta y volvió a su despacho—. Olvídalo. Lo haré mañana.

—¿Vamos a trabajar mañana?

—Tú no. Yo —tendría que trabajar la mañana del sábado para ponerse al día tras los desastres de toda la semana... y para reponerse de la proximidad de Natalie.

Cerró la puerta, se dejó caer en su silla y se frotó la nariz. ¿Por qué demonios le había pedido a ella que le buscase una secretaria? ¿Por qué demonios había accedido ella?

Sabía las respuestas. O al menos las aceptables. Pero tres días más así...

«Ten cuidado con lo que deseas...», le decía siempre su abuela brasileña.

En ese momento entendía perfectamente la frase.

—Sigues aquí —el tono fue más de acusación que de pregunta—. Son más de las seis.

—Aún tengo trabajo que hacer —se encogió de hombros—. Mi madre me enseñó a no dejar las cosas sin hacer —se concentró en colocar el último papel que le quedaba en el cajón apropiado y en no mirar a ese hombre.

La teoría de las vacunas, la que la había llevado a trabajar allí, de que una pequeña dosis de algo inmunizaba contra la enfermedad, estaba bien para la polio o la viruela, pero no servía para enfrentarse a Caetano Savas.

Una pequeña exposición a Caetano sencillamente hacía que quisiera más. Cuantas más oportunidades tenía de mirarlo, más trataba de hacerlo. Cuanto más le pedía, más decidida estaba a demostrarle que podía hacerlo. Y si se acercaba a ella, se descubría acercándose a él.

Dios, ¿también estaba la gravedad en su contra?

Ciertamente sus propias inclinaciones lo estaban. Lejos de ignorarlo, cada vez se sentía más atraída por él. Seguramente porque el litigante Caetano había sido un hombre atractivo, incisivo y brillante. Pero ese Caetano, que se tomaba su tiempo con mujeres llorosas y que se había pasado media hora haciendo un rompecabezas con una tímida niña antes de decirle una palabra, ese Caetano era aún más seductor. Era amable, comprensivo, cariñoso. Humano.

Era todo lo que una vez había pensado que sería... excepto disponible para enamorarse.

—Ya me marcho —dijo ella metiendo la carpeta en el archivador y cerrando el cajón con firmeza. Descolgó la chaqueta de la percha y se la puso—. ¿Quieres que venga mañana?

—No.

—Muy bien —agarró el maletín—. Pues te veo el lunes —abrió la puerta.

—Natalie —su nombre en sus labios la dejó paralizada—. Tu madre estaría orgullosa.

—Eso espero —sonrió.

Se marchó rápidamente cerrando la puerta tras ella. Tres años antes había cometido el mayor error de su vida. En ese momento, al trabajar con Caetano, se preguntó si no había cometido uno aún mayor.

Los sábados eran días para ponerse al corriente.

No trabajaba todos los sábados, pero cuando las cosas se amontonaban durante la semana y necesitaba estar tranquilo para trabajar y buscar nuevas perspectivas en los casos, se iba al despacho.

No tenía clientes demandantes los sábados. No había llamadas de jueces u otros abogados. El sábado en la oficina era el momento más productivo de la semana. O lo había sido hasta entonces.

Ese día, en el momento en que entró, le llegó el aroma del champú de Natalie. Su letra estaba en una nota encima del montón de cosas por hacer. Se descubrió abriendo carpetas para leer anotaciones que había hecho ella.

Cerró el cajón del archivador y volvió a su mesa, pero no se sentó. Paseó por su despacho y se preguntó, no por primera vez, ¿qué demonios tenía Natalie para haberle llegado tan dentro?

¿O era sólo porque ella se había marchado? Ella no se había marchado, se recordó irritado. Se había dado la vuelta en su cama y él la había empujado. Fin de la historia.

Sólo que no era el final de la historia. Y por mucho que intentaba concentrarse en lo que trataba de escribir, los recuerdos de Natalie le nublaban la mente.

En lugar de una molestia, fue un alivio cuando sonó el móvil. Y cuando vio el número de quién llamaba se le mejoró el humor.

—Ah, Caetano, te echo de menos.

El sonido de la voz de su abuela brasileña siempre le hacía sonreír. También la echaba de menos.

—¿Qué tal?

Su abuela era una máquina, siempre metida en un montón de cosas distintas. Se sentó en la silla y puso los pies en la mesa dejando que la voz de su abuela lo trasladara a lo que ella llamaba su casa. Le habló de la cosecha. Le habló de los vecinos y de su familia extensa y sus partidas de bridge. Le puso al día de todo.

—Esta semana en Buenos Aires, la que viene en París.

No le sorprendió. Xantiago Azevedo, a quien él nunca había llamado papá o nada que no fuera Xanti, el nombre que llevaba en la espalda de la camiseta de fútbol, había estado de viaje durante toda su vida. Él no lo había conocido hasta los seis años. Y había sido una sorpresa para los dos.

Xanti había ido a jugar un partido a Los Ángeles y tenía una noche antes de que su avión volviera a Sao Paulo. Había aprovechado esa noche, había pensado Caetano después, para ver si Aurora Savas quería darse un revolcón por los viejos tiempos.

En realidad Xanti no lo había expresado con esas palabras, pero se había quedado paralizado cuando había sido un niño que se parecía a él quien le había abierto la puerta.

—¿Quién eres tú? –había preguntado.

Antes de que él pudiera decir nada, su madre había aparecido.

—Es tu hijo, Xanti –le había dicho a su conmocionado padre–. ¿Quieres llevártelo a pasar el verano?

Sorprendentemente, Xanti había querido. Pero no antes de casarse con Aurora.

—Por supuesto, nos casaremos –había dicho él, añadiendo con la tonta nobleza con que Xanti se acercaba siempre a las cosas–. Es mi deber.

Quizá. Pero su compromiso no había durado. El largo plazo era algo que Xanti nunca había sabido manejar, por eso el matrimonio apenas había durado un par de meses.

Aun así le había dado una abuela que lo quería y un hogar en Brasil. La viuda Lucia Azevedo había recibido a su nieto con los brazos abiertos. Con su marido muerto, y Xanti, su único hijo, recorriendo el mundo jugando al fútbol y acostándose con mujeres, ese inesperado nieto pronto se había convertido en la luz de su vida.

Y Caetano, después de una semana de decidida indiferencia, encontró que el amor de su abuela podía con esa indiferencia. Sus amables sonrisas fueron acabando con su decisión de mantenerse distante de ese nuevo mundo al que se había visto lanzado, un mundo en el que ni siquiera conocía el idioma.

–No importa –había dicho su abuela–. Aprenderemos juntos.

Y eso había sido lo que habían hecho. Veintiséis años después, hablaban con una mezcal de inglés y portugués que habían inventado.

–*'Stas Bem?* –le preguntó a la abuela.

–*Sim, sim. Muito bem. Perfeita* –respondió ella para que no se preocupara–. ¿Y tú? ¿Ya has conocido a una chica?

Bruscamente una visión de Natalie le ocupó la mente. Se puso en pie de un salto.

–No.

Normalmente respondía a esa pregunta con una carcajada. Solía preguntárselo. Había desistido de que Xanti sentara la cabeza, y eso que había vivido con Katia casi un año, así que Lucia esperaba que su nieto sentara la cabeza y se casara y le diera nietos que malcriar.

Nunca le había dicho que no tenía intención de casarse para no darle un disgusto. Su abuela habría pensado que era culpa suya, que no lo había educado bien en el amor y la familia y el valor del matrimonio. Pero ese día se sentía más reflexivo de lo normal. Y su abuela se dio cuenta.

—Pareces pensativo.

—Yo... —maldición, se había dado cuenta.

—Mi matrimonio con tu abuelo fue maravilloso —le recordó—. Si hubiera vivido, quizá Xanti... —su voz se perdió—. No importa —dijo bruscamente tras un silencio—. Xanti es como es. Pero tú... tú la encontrarás, Caetano —le aseguró con voz fuerte—. O te la encontraré yo.

Desde que había pasado de los treinta años le hacía esa oferta con frecuencia.

—*Nao é necesario* —aseguró él.

—Alicia sería buena para ti. También va a ser abogada —siguió su abuela como si no lo hubiera escuchado—. Así tendréis algo de que hablar.

Caetano la dejó hablar. Había desistido de desanimarla.

—¿Quieres conocerla? —preguntó su abuela llena de esperanza.

—Estoy muy ocupado, abuela —dijo él—. No sé cuándo podré ir a Brasil —no tenía prisa por visitarla si le iba a organizar citas.

—Sí, lo sé —pareció triste—. Ha pasado un año.

—Iré, te lo prometo.

—Como lo promete Xanti.

Notó resignación en su tono. Apretó la mandíbula.

—Sí, pero yo cumplo mis promesas —le recordó.

—Sé que lo haces —su voz era amable—. Así que vendrás.

—Iré —dijo Caetano con firmeza—. Antes de Navidad. Te llamaré en un par de semanas y podemos hablar del viaje.

—Claro que podemos. Eres mi nieto favorito —era lo que decía siempre.

—Soy tu único nieto —le recordó con una sonrisa.

—Eso es cierto. Te quiero mucho, Caetano.

—Yo a ti también. Adiós, abuela, besos.

Colgó y se derrumbó en la silla. La visión de su abuela se superpuso a la de Natalie. A la abuela le gustaría Natalie. Y a ésta su abuela, seguro. Pero no valía la pena pensarlo.

Capítulo 3

NO HUBO miradas de Caetano el lunes por la mañana. Tampoco mucha amabilidad.

Bueno, supuso que ya era lo bastante educado. Pero se mantenía distante cuando se dirigía a ella. La intensa corriente que había sentido el viernes se había convertido en helada frialdad. Ni siquiera la miraba a los ojos, sino que miraba por la ventana mientras le daba instrucciones.

Recordó a su madre diciendo más de una vez:

—Es un placer trabajar para Caetano. Es siempre tan comedido.

Comedido. A sus clientes les sonreía, pero a ella apenas la miraba.

Ni siquiera se tomó un momento después de su cita de las nueve y media para echar un vistazo a una revisión de un manuscrito que le había dejado en la pantalla del ordenador.

—Puedes resolverlo tú —le había dicho sin mirarla.

Sabía que tenía dos conferencias previas a la vista en Los Ángeles esa tarde. Supuso que estaría preocupado por eso.

Vio dos clientes más y salió un momento de su despacho después.

—No volveré hasta tarde —se puso la chaqueta del traje y se anudó la corbata.

—¿Alguna cosa que quieres que haga mientras estás fuera? —preguntó ella.

—Tómate un rato para comer. El viernes no comiste —pareció más una acusación que un comentario—. Así que vete a comer. No volveré hasta tarde —siguió—. Así que no hace falta que hoy me traigas sándwiches.

¿Le habrían ofendido los sándwiches? ¿Por qué? ¿Lo habría interpretado como un intento de atraer su atención? Sólo había hecho lo que sabía hacía su madre.

Pero no le dijo nada. Se encogió de hombros como si no le importase.

—No hace falta tampoco que te quedes hasta tarde —le dijo por encima del hombro ya desde la puerta.

Tampoco le respondió a eso. Se quedaría hasta tarde si tenía trabajo que terminar. Si no, se marcharía.

—Lo que tú digas, jefe —murmuró, pero él ya se había ido.

Terminó la carta en la que estaba trabajando, a la una y cuarto se tomó su descanso para comer como le había ordenado. No se marchó de la oficina, sino que se comió su sándwich de atún sentada en la mesa de su madre. Sí dedicó su tiempo a poner al día su trabajo de Esposas de Alquiler.

Sophy se había ocupado de la agenda de esa semana, pero ella aún tenía que hacer la facturación. Si el señor Exigente Savas quería que todo se mantuviera en lo estrictamente laboral de ahí en adelante, para ella estaba bien. Haría su trabajo y volvería a empezar con el de él después de comer.

Su hermano Dan llamó para preguntar si le gustaría que su hija Jamii fuera el fin de semana.

—Kelly y yo estamos invitados a visitar a una amiga suya en Sausalito. Vive en un barco y hemos pensado que sería divertido. Pero si prefieres que no...

-No, me encanta -dijo.

Su sobrina de ocho años sería una buena distracción para no pensar en el hombre que llenaba su mente últimamente.

-¡Estupendo! -Dan estaba encantado-. La dejaremos el viernes después del trabajo y la recogeremos el domingo antes de la cena. Luego puedes venirte a cenar con nosotros.

-Bien.

-Si Kelly quiere añadir algo, le diré que te llame.

Colgó. Le dedicaría diez minutos más a su empresa antes de volver al trabajo. Al momento sonó el teléfono de la oficina. Podía haber conectado el contestador, pensó mientras atendía la llamada.

-Savas Abogados.

-Menos mal que estás ahí. Necesito que me traigas una carpeta. Está en mi despacho. Tiene que estar -continuó-. Dediqué una hora el sábado a asegurarme de que todo estaba en su sitio después de que las suplentes lo hayan estropeado todo -parecía como si quisiera estrangular a alguien.

-¿Qué carpeta?

-La de Eamon Duffy. Es la segunda de las dos reuniones que tengo esta tarde. Y la partida de nacimiento original, el acuerdo de custodia y la sentencia de divorcio están ahí.

-¿No pueden sacarlas del ordenador en el juzgado?

-Son de fuera del estado. ¡No sé dónde demonios están! ¿Lo has sacado del archivo?

-¿Lo sabría si lo hubiera hecho? -replicó dura.

-Disculpa -murmuró él.

-Voy a mirar -entró en su despacho.

-Tendrás que revolverlo todo.

-No creo -dijo viendo la carpeta debajo del espejo

donde probablemente se había recolocado la corbata–.
¿Dónde estás?

–¿La has encontrado?

–Sí. ¿Dónde estás?

Le dio la dirección de los juzgados y dónde se encontraba. La estaba esperando cuando llegó y le dio las gracias por la carpeta. Por fin la miró. Y la electricidad volvió. Podía sentirla. Fue casi un alivio... como si el mundo hubiera vuelto a su sitio.

–¿Necesitas algo más? –preguntó con tono amable y de broma–. ¿Un sándwich quizá?

–Natalie.

Lo miró y él le sostuvo la mirada. Podría iluminarse la ciudad de Los Ángeles con esa electricidad.

–¿Sí?

–Gracias.

Algunas cosas, decidió Natalie, sencillamente no eran buena idea.

Una de ellas había sido acceder a trabajar para Caetano. No era que no lo disfrutase. Lo hacía. Demasiado. Le gustaba el trabajo, interactuar con los clientes, la variedad de retos.

Le gustaba mirar al otro lado de la habitación y ver a Caetano.

Pero no estaba siendo la experiencia saludable que había esperado. No le estaba ayudando a olvidarse de él. De hecho, el miércoles, su último día en la oficina, sabía que tenía que salir de allí. No era que temiera ponerse en vergüenza otra vez. Era lo mucho que lo deseaba.

No realmente ponerse en vergüenza, pero sí a Caetano. Un deseo profundo que no recordaba haber sentido nunca. Y no debería sentir. Era patético. Era patética, y lo sabía.

–Olvídalo –se decía–. Ya has recorrido este camino.

Así que lo intentaba. Pero no podía dejar de darse un festín con los ojos cada vez que él pasaba por la zona de recepción. Daba la bienvenida a cualquier oportunidad de entrar en su despacho.

Así que se descubrió memorizando el modo en que alzaba las cejas cuando estudiaba alguna argumentación y cómo se daba con el lápiz en los dientes mientras leía. Tenía en su cerebro la imagen de cómo inclinaba la cabeza y escuchaba intensamente a sus clientes, y cómo se acuclillaba para ponerse al nivel de los niños, como hacía en ese momento con Derk Hartman, que le enseñaba cromos de béisbol en lugar de hablar del divorcio de sus padres.

Se preguntaba cómo sería con sus propios hijos. Y la visión de un Caetano en pequeño con sus ojos verdes y el cabello oscuro resultaba tan penetrante que la dejaba sin respiración.

–No –dijo cortante.

–¿Has dicho algo? –preguntó Caetano irguiéndose para entrar con Derek en la sala de conferencias.

–No –se ruborizó–. Sólo... no. No importa. Hablaba sola...

–¿Qué haces esta noche?

–¿Qué? –alzó la vista.

–He terminado la estantería. ¿Puedo ir a ponerla?

–Oh –se encogió de hombros un poco decepcionada–. Claro.

Llamó a la puerta y volvió a llamar.
Ella no respondió.

Acababan de dar las siete. No sabía a qué hora habría salido ella de la oficina porque había estado hablando por teléfono entre las cinco y las seis. Cuando había terminado, ella ya se había marchado.

Su coche estaba en el garaje. Así que debería estar en casa. Aunque también podría haber ido andando a comprar. O tener una cita. Volvió a llamar, más fuerte.

–¡Natalie!

Ninguna respuesta. No había visto a nadie ir a recogerla. Pero tampoco había pasado la última hora mirando su puerta, ¿verdad? Tenía mejores cosas que hacer. Además le había dicho que iría esa noche. Y ella había dicho que estaría.

Bueno, ella sabía que tenía llaves. Le dejaría entrar. Fue a su casa y volvió con la llave, volvió a llamar y a no obtener respuestas. Abrió la puerta y entró.

El apartamento podía ser el de Laura, pero tenía la marca de Natalie. La ropa limpia estaba doblada pulcramente encima de la mesa de la cocina. Sus coloristas camisetas, los pantalones cortos y pirata, su ropa interior igualmente colorida.

No necesitaba pensar en su ropa interior. Aún recordaba la camisola rosa que llevaba el día que la encontró en su cama. Aún... Dejó a un lado los recuerdos y empezó a acercar los estantes. Herbie, siempre curioso, lo siguió, se frotó contra sus piernas.

–¿No te ha dado de comer? –le preguntó.

Pero comprobó que aún le quedaba comida en su cuenco. Evidentemente ella había estado en casa. Después vio la agenda de mesa abierta al lado de la cafetera. Con la letra de Natalie estaba escrito: *Scott, 6.30*.

–Así que sí –apretó la mandíbula–. Tenía una cita después de todo.

No importaba. Podría trabajar más deprisa sin que ella interfiriera. Ya le molestó bastante el gato hasta que se aburrió y decidió que él no le iba a dar más comida. Así que se ovilló al lado de los discos de Natalie en un armario que había bajo la ventana y él empezó a juntar los estantes.

Le gustaba trabajar con las manos, el tacto de la madera, encajar piezas y hacer algo útil. Era un buen contrapunto del trabajo que hacía en su despacho. Con frecuencia, mientras trabajaba, su mente hacía lo mismo, contemplaba posibilidades, consideraba opciones, proponía y rebatía argumentos, se hacía preguntas. Como... ¿quién demonios era Scott?

Echó cola en la madera y encajó la parte trasera en un lado.

¿Y por qué ella no lo había mencionado?

Era meticuloso en el trabajo, taladrando y pegando y atornillando. Era la clase de trabajo que normalmente le asentaba la cabeza. Pero en ese momento sólo podía pensar en que le habrían venido bien otro par de manos.

Eran más de las nueve cuando apareció Natalie.

—Oh —dijo cuando empujó la puerta abierta y lo vio de rodillas en el suelo atornillando la trasera de la primera estantería—. Sigues aquí.

—¡Vaya!

—¿Hay algún problema?

—Ningún problema —dijo cortante—. Échame una mano, a menos que te preocupe ensuciarte la ropa.

No llevaba la falda gris y la chaqueta con la blusa blanca que llevaba en la oficina. Tampoco estaba vestida para triunfar. Llevaba una informal falda de flores con una especie de estampado de batik y una blusa de color óxido que realzaba el rojo de su pelo. Seguramente lo que le gustaba a Scott.

—Ahora te ayudo, espera que me cambio —dijo ella—. No tengo mucha ropa de trabajo.

–¿De trabajo? –abrió mucho los ojos.
–He ido a cenar con un nuevo cliente.
¿El Scott de las seis y media era un cliente?
–¿Así vestida?

Natalie parpadeó sorprendida y después se dio cuenta de que él esperaba verla como iba vestida a su oficina.

–No soy abogada –le recordó.
–¿Y qué es lo que llevan las esposas? –la recorrió con la mirada.
–Lo normal –se encogió de hombros–. Menos formal que las abogadas. Más informal y accesible, pero sin dejar de ser ropa de trabajo.
–Ya –murmuró.
–¿Qué?
–Nada. Cámbiate y ven a echarme una mano.

Si debía de ser más fácil haciéndolo entre los dos, no lo fue. El segundo par de manos era una ayuda, pero el modo en que se encontraban con las otras no. Tampoco el que el pelo acabara siempre en su rostro cuando ella se movía. ¡Maldita Natalie! Pero no dijo nada. Sólo resopló. Inhaló su aroma... y sintió el deseo crecer dentro de él.

Hacía que deseara algo más que rozar un brazo. Hacía que deseara rodearla con los brazos.

Se dio la vuelta para sujetar mejor la estantería y un brazo rozó los pechos de ella.

–Maldita sea, te he dicho que te movieras –gruñó.
–Lo he hecho.
–¡Así no! –se dio la vuelta y volvió a encontrarse con su pelo–. ¿Estás tratando de volverme loco?
–¿Volverte loco? –lo miró confundida.
–Todo ese movimiento, sacudidas, retorcimiento...
–¡Estoy tratando de ayudar! Has dicho que me moviera.

–Que te movieras, ¡no que te frotaras contra mí!

En sus labios se formó una O. Después cerró la boca y en sus ojos apareció un súbito brillo.

–¿Estoy poniendo en peligro su virtud, señor Savas? –preguntó en tono de broma y después añadió, más seria–: No pensaba que pudiera.

–Piensa otra vez –apretó los dientes.

–Estás de broma –dijo genuinamente sorprendida.

Se suponía que tenía que alegrarse de que ella no lo hubiera notado. Pero sólo pudo mirarla fijamente.

–¿Qué? ¿Te crees que soy inmune?

–¡La última vez lo fuiste!

–¡Al diablo con eso!

–Me echaste –lo miró conmocionada.

–¡Eras una cría!

–¡Tenía veintidós años!

–Demasiado joven para mí. Demasiado inocente –y añadió–: Y trabajabas conmigo.

–No cuando vine aquí. Había terminado en Ross y Hoy esa semana. Conozco las reglas. Sé lo que es inapropiado.

–No sabes nada de lo que es inapropiado –dijo rotundo–. Y si hubiese aceptado tu oferta, eso no habría sido todo, ¿verdad?

–¿Qué quieres decir?

–Habrías querido casarte.

–¿Casarme? –se ruborizó por completo.

–Lo habrías querido –la acusó. No era un secreto, era esa clase de chica–. Si me hubiera acostado contigo, mantenido relaciones sexuales –dijo tan directamente como pudo–, tú no habrías aceptado marcharte después, ¿verdad?

Abrió la boca, pero no dijo nada. No necesitaba decir nada, él ya lo sabía.

–No, no te habrías ido. Habrías querido mantener

una relación. Tú y yo. Felices para siempre. Casados
–escupió la palabra.

Natalie se pasó la lengua por los labios, aún en silencio, clavándole la mirada.

–No habrías querido un lío de una noche, Natalie. Lo habrías querido todo.

–Sí, lo había querido –dijo al final con voz tranquila–. ¿Qué tiene eso de malo?

–Es una tontería. Crea falsas expectativas, hace más daño que bien.

–¿Sí? –no parecía muy convencida.

–Maldita sea, ¡sí! ¡Mira tus padres! Mira los míos. No los conoces –dijo–, pero eran un desastre juntos.

–Lo siento.

No quería su lástima. Su pena. No quería nada. Lo único que quería, que Dios le ayudase, era a ella.

Sacudió la cabeza y se dio la vuelta. Y si ella no le hubiera puesto una mano en el brazo, se habría alejado.

–¡No!

Pero ella insistió, lo agarró y tiró de él para que la mirara.

–Caetano.

–No.

–Sí.

Una sencilla palabra que debilitó su resolución. Se volvió hacia ella angustiado.

–No sabes lo que dices. Te vas a arrepentir.

Ella negó con la cabeza mirándolo a los ojos con emoción.

–Aprecio lo que hiciste hace tres años –esbozó una sonrisa–. Ahora sé por qué lo hiciste. Pero no soy la chiquilla que era entonces. Ya no tienes que protegerme.

–Ya. ¿Te vas a proteger tú sola? –no veía cómo.

—Soy mayorcita. He crecido. Ya había crecido entonces, aunque fuera tonta. Quizá aún lo soy —reconoció—. Pero eso es mi problema, no el tuyo —deslizó la mano por el brazo y le acarició una mejilla.

Y él no pudo evitar girar la cabeza de modo que sus labios acariciaron la mano. Cerró los ojos y respiró hondo. Se sentía al borde de un precipicio, el más leve movimiento podía precipitarlo todo.

—Caetano —su voz era suave y estaba lo bastante cerca como para notar la palabra en su piel.

Se acercó aún más. Sus labios recorrieron el perfil de su mandíbula.

Tenía tanta fuerza de voluntad como cualquiera. Más que la mayoría, seguramente. Pero tenía sus límites. Y los había alcanzado.

Y ya no pudo resistirse más. La rodeó con los brazos. Buscó su boca con los labios y los tomó desesperadamente. Hizo lo que su cuerpo llevaba días deseando hacer.

Quizá habría tenido un ataque de cordura... si ella hubiera sentido pánico, si hubiera opuesto la más leve resistencia, si él no hubiera notado cómo le latía el corazón al ritmo del suyo.

Pero ella deseaba tanto como él. Y mientras se besaban, mientras sus manos recorrían la espalda de ella, se preguntó cómo había resistido tanto tiempo la tentación.

Sentir sus manos sobre él era una dulce tortura. Sus dedos se deslizaron bajo la camisa y recorrieron su espalda. Se arqueó y sintió la exquisita presión de su erección contra el vientre de ella. Natalie también la sintió. Tenía que haberla sentido. Tenía que saber cómo la deseaba.

—Nat —dijo con voz ronca por el deseo.

Pronunciar su nombre era lo más parecido a una advertencia que podía decir. Se irguió, la levantó en sus brazos y sintió un estremecimiento. Ese estremecimiento se llevó la poca fuerza de voluntad que le quedaba.

–Ámame, Caetano.

No era amor. Deseó decírselo, pero las palabras no le salieron. Sólo los besos. Besos desesperados, hambrientos. El sabor de ella lo estaba haciendo enloquecer. Se dirigió con ella hacia el sofá y la dejó allí.

–Aquí no –susurró ella, y lo tomó de la mano para llevarlo a la habitación de invitados. La cama era individual. No importaba. No necesitarían más.

La ropa que había llevado a la reunión estaba tirada encima de la cama. La juntó y la dejó en una silla. Después se volvió hacia él con una sonrisa y tiró de él, le metió las manos por debajo de la camisa.

Y Caetano la tocó con una reverencia que lo sorprendió. El sexo era diversión. Era el encuentro de dos necesidades físicas. Pero tener a Natalie entre los brazos no parecía una diversión. Y deslizar las manos por sus costados y envolver sus pechos no parecía algo tan simple como satisfacer una necesidad física.

Estaba aprendiendo la felicidad de tocarla. De contemplar su rostro para ver las expresiones que pasaban por él. Cuando se echó a su lado y la rodeó con sus brazos, ella se acercó hasta que se encontraron sus rodillas. Lo besó en la mandíbula, el mentón. Caetano le acarició el cabello e inhaló intensamente su aroma.

Minutos antes se había resistido, contenido el deseo que ella le despertaba, tratado en vano de permanecer indiferente. Pero eso había sido antes... Ya no pensaba. No analizaba. No pensaba en los pros y los contras. Simplemente saboreaba. Y quería más.

Lo tomó porque Natalie le animaba a ello. Emitía suaves ruiditos que hacían que se le acelerara el pulso, que le hacían desear oír más, sentir más, saborear más.

Acarició su suave piel bajo la blusa. Era tan tersa, tan cálida, parecía animar el movimiento de sus dedos. Se puso de rodillas a su lado y le quitó la blusa, se la sacó por la cabeza y la besó en el cuello, recorrió el camino hasta sus pechos dándole pequeños mordiscos. La agarró de los costados y siguió besándola hasta el ombligo.

–¡Caetano! –su mirada era oscura.

Le quitó a él la camisa y besó su pecho mientras recorría los músculos con los dedos.

Era una danza de dedos y labios. Caricias y mordiscos, ligeras fricciones, suaves caricias. Y cada una avivaba el fuego que había entre los dos.

Le soltó el sujetador y, aún de rodillas, le envolvió los pechos con las manos. Y ella lo miró fijamente, el labio inferior entre los dientes, la respiración convirtiéndose en un jadeo.

Con los dedos recorrió las areolas de los pezones, después se inclinó y mordisqueó cada uno por turno, haciendo que ella se estremeciera. Y su gesto hizo que la deseara tanto como ella a él.

Se echó hacia atrás y deslizó los pulgares bajo la cintura de sus pantalones cortos, ella alzó las caderas, los bajó por las piernas y los tiró. Sólo la cubría ya un retal de algodón azul claro y encaje.

–Caetano –buscó su cremallera y con dedos temblorosos la bajó y él se desabrochó los vaqueros y se los quitó junto con la ropa interior.

Debería haberla desnudado por completo a ella también, pero ella agarró su sexo y lo acarició en toda su longitud haciéndole apretar los dientes y respirar hondo.

–¿Estás bien? –preguntó ella.

–No. Voy a perderme por completo en medio minuto si vuelves a hacer eso. No toques.

—¿Jamás? —preguntó ella apartando la mano.

Caetano se echó a reír.

—No, sólo ahora. Quiero... quiero hacerlo despacio y eso... eso no va a suceder.

Le bajó las bragas por las piernas y después las recorrió hacia arriba con dedos temblorosos, tocándola, provocándola, probándola suavemente.

Fue el turno de ella de respirar hondo. Movió las caderas. Sus dedos se crisparon sobre la colcha que cubría la cama. Y Caetano se colocó entre sus piernas separándolas y descubriendo que estaba tan receptiva como dispuesto estaba él.

Ella alzaba las caderas y tiraba de él hacia abajo, su deseo estaba tan desnudo como su cuerpo.

Los cuerpos desnudos no significaban nada más que placer. Las emociones desnudas eran algo más. Pero no podía apartar la vista. Estaba hipnotizado, la deseaba con todas sus fuerzas.

No podía resistir el impulso de unir su cuerpo al de ella. Se deslizó dentro. Se sobrepuso para controlar la ola que surgía dentro de él y trató de darle a ella la satisfacción que ella le estaba dando. Estaba tan caliente, tan apretada. Tan bien.

Quería que aquello durara para siempre. Quería desesperadamente ir más despacio, demorarse, dejar que creciera el deseo y que volviera a crecer, hacer que creciera igual dentro de ella.

Pero Natalie desbarató sus mejores intenciones con las suyas propias. Se movía contra él, balanceaba las caderas, lo conducía más dentro, arqueaba la espalda y se colgaba de él.

—Ahora —susurró clavándole los dedos en las nalgas y apretando fuerte los talones contra la parte trasera de sus muslos.

Se movían juntos hasta que juntos llegaron al límite y se entregaron.

Agotado, Caetano apenas podía levantar la cabeza. El corazón le latía desbocado. La besó en la mejilla, en los labios, se separó lo bastante para poderla mirar y sentir que volvía la cordura, pero no estaba seguro de nada más. Natalie lo miraba muda, con un gesto indescifrable.

Y Caetano sintió una punzada de ansiedad. De duda. Le acarició una mejilla con los dedos aún temblorosos.

—¿Estás bien?

Porque ella no parecía estar bien. Parecía asombrada.

Y entonces, como por la mañana, amaneció una sonrisa. Lenta al principio, rozando sus labios, después iluminado todo el rostro. Alzó las manos y le enmarcó el rostro.

—No creo que bien pueda describirlo —dijo ella, y lo besó en los labios.

Volvieron a amarse otra vez esa noche.

Lentamente la segunda vez, aprendiendo sus cuerpos, sus necesidades, sus deseos. Y lentamente no fue menos impresionante que desesperadamente.

Tumbada en la pequeña cama contemplaba a Caetano dormir.

—Me voy —le había susurrado él un momento después de hacer el amor al oído.

Ella no se había movido. Simplemente disfrutaba del momento. ¿Quién lo habría pensado?

Después de un tiempo se dio cuenta de que él no se había movido. La abrazaba con menos fuerza, respiraba más acompasadamente. Se había dormido.

Con exquisito cuidado, ella se movió. No había mucho espacio. Alcanzó el borde de la cama y rodó sobre su espalda, aún dentro de su abrazo, después se volvió lo suficiente para colocarse de cara a él, quería verlo, estudiar sus facciones a la media luz que entraba por la ventana.

Nunca lo había visto antes relajado. Nunca sin la armadura. No se refería a sin ropa, aunque su ausencia le permitía ver partes desconocidas de él.

Tenía un cuerpo fuerte, delgado pero musculoso, con fuertes brazos, un vientre liso y fuertes muslos. Los duros ojos verdes estaban ocultos tras los párpados. Parecía más gentil. Un poco más el hombre que había soñado encontrar bajo su duro caparazón.

Había encontrado a ese hombre esa noche. En contra de todas sus previsiones, había escuchado lo que ella le decía.

Era su problema si lo amaba. Su locura, quizá. Sabía que esa gentileza y vulnerabilidad no podía durar. Sabía que reaparecería la armadura, volvería con la luz del día.

Volvería a ser Caetano Savas otra vez. Pero conocería a ese Caetano. Tendría esos recuerdos. Había conseguido romper la armadura.

Y se atrevió a tener esperanza, a creer que sería feliz dejándola entrar, compartiendo con ella la intimidad que acababan de compartir. Una y otra vez.

Le acarició el cabello. Era suave. Recorrió el perfil de su mandíbula. Le rozó los labios.

No se despertó. Sólo suspiró. Y esbozó una pequeña sonrisa.

Ella también sonrió y supo que jamás se arrepentiría de lo sucedido esa noche. Lo rodeó con un brazo y apoyó la cabeza en su pecho. Escuchó el latido de su corazón. Le encantó. Le encantada estar cerca de él. Le hubiera encantado estar incluso más cerca.

Había esperado tres años. Pero había valido la pena la espera.

—Te amo —susurró, y lo besó en el pecho.

Cerró los ojos y también se durmió.

Por la mañana, cuando se despertó, se había ido.

Capítulo 4

—ESTÁS radiante —dijo Sophy mirando a Natalie con detenimiento cuando entró en la oficina a la mañana siguiente.
—Feliz por volver —dijo.

En parte era verdad, pero no era la parte responsable de la sonrisa que le iluminaba el rostro. Incluso aunque Caetano se había marchado cuando se había despertado, no podía dejar de sonreír. Los recuerdos de la noche tenían mucho que ver con ello. Pero sobre todo la nota que había encontrado en la mesa del salón: *Te veo esta noche*.

—Las cosas fueron bien con Caetano ayer, ¿no?

Natalie respiró un par de veces y luego se dio cuenta de que no había forma de que su prima supiera lo ocurrido la noche anterior.

—¿Te refieres al trabajo? Sí, han ido bien —dijo sacando el portátil de su maletín y enchufándolo.

—¿Y qué tal lo que no es el trabajo? —preguntó Sophy tras un largo silencio.

Natalie sintió que le ardían las mejillas.

—Bien —dijo escueta—. Está bien —pero no miró a su prima a los ojos aunque notaba su curiosidad.

—Hay algo que no me estás contando.

—No hay nada que contar. Terminé de trabajar para él ayer. La suplente ha vuelto hoy.

Sophy no dijo nada.

Natalie la miró. Sophy tenía los ojos entornados y la miraba inquisitiva.

–Lo has hecho –dijo Sophy–, ¿verdad? –presionó a Natalie.

Natalie no tenía intención de responder. No contaba lo que hacía.

–He dicho que las cosas han ido bien. Eso es lo que he dicho –la miró fijamente.

Pero era evidente que Sophy estaba interpretando las sutiles señales que había en ella.

–Guau –dijo suavemente, y se inclinó sobre ella para mirarla más de cerca–. ¿Quién ha cambiado, tú o él?

No tenía sentido hacer como que no sabía de qué estaba hablando, pero se sentó y encendió el ordenador. Después dijo sincera:

–No lo sé.

–Cariño, ten cuidado. Los hombres Savas son letales para los corazones.

Sophy lo sabía bien porque había estado brevemente casada con un primo de Caetano hacía un año.

–Caetano no es como George –protestó Natalie.

–Me rompió el corazón –dijo rotunda–. No dejes que Caetano te haga lo mismo.

Estaba en la puerta de su casa poco después de las siete. Natalie lo había visto cruzar el jardín y subir las escaleras, y sintió un inmediato impulso de correr a abrir la puerta. El pánico que había experimentado al despertarse y ver que no estaba, se había evaporado durante el día.

«Sé sincera, pero no loca», se aconsejó a sí misma. Así que esperó a que llamara. Después se alisó el pantalón con las manos y abrió la puerta más tranquila.

–Hola –dijo él sonriendo–. ¿Estás bien?

–¿Bien? –le sorprendió la seriedad de sus ojos a pesar de la sonrisa.

–Pensaba que pudieras arrepentirte –se encogió de hombros.

–¿Arrepentirme? ¿Debería?

–Ya sabes lo que siempre digo sobre compromisos, promesas, las relaciones a largo plazo...

–Sé lo que dices –dijo consiguiendo que la voz no la traicionase.

No se sentía tan ecuánime como intentaba aparentar. Pero Caetano no le decía nada nuevo. No le había prometido nada... Y ella le había asegurado que podría manejarlo.

Se recordó firmemente que podía manejarlo.

–Estoy bien –dijo, y sonrió con todo su corazón.

No estaba segura de lo que veía en él, pero abrió la puerta completamente para que pasara. Él entró y se detuvo a darle un largo y asombroso beso que hizo que se le ablandaran los huesos.

–Vamos a terminar eso –dijo él señalando la estantería con un gesto de la cabeza–. Después pensaba que podríamos comer algo –la miró con una sonrisa.

–Sí –se mostró de acuerdo–. Parece un buen plan.

Le ayudó a terminar las estanterías y, esa vez, cada vez que se rozaban, se rieron. Pasaron de los roces a las caricias y los besos hasta volver a despertar el fuego que había entre los dos.

Cuando terminaron de atornillar las estanterías a la pared, el regalo de cumpleaños de Laura era un hecho. La comida para la que estaban dispuestos no tenía nada que ver con el alimento.

–Podemos cenar más tarde, ¿no? –murmuró él, y ella asintió.

La tomó de la mano y se dirigieron a su habitación. De pronto se detuvo y la miró.

—Ven a mi casa —dijo él—. La cama es más grande. Hay más espacio.

Y un demonio más que vencer, pensó ella recordando la desastrosa noche, pero asintió.

—Sí —dijo.

La habitación era la misma. Incluso la hora del día era la misma. El sol del final de la tarde entraba a través de las láminas de madera de la persiana e iluminaba a Caetano mientras se quitaba la camisa. La abrazó y ese abrazo borró los recuerdos de la vieja experiencia. La acarició, besó casi con reverencia, después le quitó la blusa y el sujetador y siguió besándola en los pechos, el vientre, se arrodilló delante de ella.

A Natalie le temblaban las rodillas. Clavaba los dedos en sus hombros y le agarró los cabellos mientras él le quitaba el resto de la ropa que le quedaba y la llevaba a la cama. Él se quitó los vaqueros y los boxers y le separó las rodillas para colocarse entre las piernas.

Ella lo acarició hasta hacerle respirar entrecortadamente. Caetano apretaba la mandíbula y un pequeño temblor pareció recorrerlo cuando se deslizó dentro de ella. Con facilidad. Perfectamente. Como si llegara a casa.

Así era como ella lo había soñado. Como lo había imaginado esos tres largos años... ellos dos amándose, sus cuerpos moviéndose al unísono mientras los dos se entregaban a la pasión y el amor que compartían.

Después, él rodó hasta quedar tumbado a su lado con un brazo sobre la cabeza. Tenía los ojos cerrados y contempló sus maravillosas pestañas. Las memorizó como todo lo demás de él.

Contempló las rápidas subidas y bajadas de su pecho. Instintivamente puso una mano encima de su corazón. Él abrió los ojos y su mano acarició la de ella. La miró a los ojos.

—Tenemos que hablar.

—Pensaba que teníamos que cenar —dijo ella sonriendo—. Me muero de hambre.

—En un par de minutos —le acarició la mano sin dejar de mirarla a los ojos—. Hay algo que necesito decirte.

—¿Algo que no quiero escuchar? —adivinó ella.

—No. Bueno, quizá sí. Depende de ti —sacudió la cabeza—. Lo que tengo que decirte es que sé que aún crees en el matrimonio y que algún día, con lo loca que estás, seguramente te casarás —la miró en busca de su asentimiento.

Natalie asintió infinitesimalmente y no dijo nada.

—Y ésa es tu elección —siguió él—. No la mía. Si encuentras a alguien que piense como tú, adelante.

—¿Qué? —lo miró sin sentirse muy segura de lo que había querido decir.

—Si conoces a un tipo que quiera casarse, ve a por él —dijo rudo.

—¿Mientras me acuesto contigo? —parpadeó.

—Esperaría que en ese caso dejaras de acostarte conmigo —hizo una mueca.

—Claro que lo haría.

—No te ofendas —dijo poniéndose de lado y apoyando la cabeza en una mano—. Sólo te estoy diciendo que deberías ir a por él. No dejes que yo... esto... —recorrió con un gesto de la cabeza sus cuerpos desnudos— se interponga en tu camino.

—Claro que no —dijo ella.

Él no notó el sarcasmo en su voz.

—Bien, entonces —dijo aliviado—. No querría que te sintieras obligada. Porque yo no establezca compromisos, eso no significa... que tú no aproveches las oportunidades que te surjan.

Sonaba como si estuviera haciendo un alegato en un juzgado.

—Bueno —dijo ella irónica mirando al techo—, está bien saberlo.

Caetano se sentó, parecía contento.

—Me alegro de haberlo dejado claro. Me muero de hambre, ¿cenamos?

Había hecho un pacto con el diablo. Al menos así era como se sentía.

¿Cómo iba a cambiar las reglas cuando había accedido de entrada? En realidad no había reglas, pero sí expectativas... o, en el caso de Caetano, una total carencia de ellas.

Sólo había dejado las cosas claras. No habría hecho el amor con ella la primera vez si ella no hubiera insistido en que no necesitaba protegerse de sus sentimientos hacia él. Así que no sorprendía descubrir que él creía que no había compromiso por ninguna de las partes. Tenía que considerarlo generoso por decir las cosas como las había dicho.

Pero en ese momento estaba en un dilema. Una parte de ella quería insistir en que él le importaba tanto como antes y que lo amaba más que cuando se había encaprichado de él tres años antes.

Otra parte no le veía sentido a mover las cosas. Había hecho la cama y se acostaría en ella. Con él. Y si no la amaba en ese momento, o nunca llegaba a hacerlo, ella lo habría amado, como su madre amaba a su padre, y aprendería a enfrentarse con ello.

Se ofreció a preparar algo de cena, pero él dijo que había un sitio en Hermosa que tenía buen pescado. Deberían ir allí.

¿Una cita?, casi le preguntó. Pero no lo hizo. No quería tentar la suerte.

—Suena bien —dijo.

Fueron en su Jaguar al restaurante en la playa de Hermosa. La comida era estupenda. La compañía de Caetano era tan agradable como había imaginado. Hablaron de todo, desde la ley a la pesca, pasando por la vuelta de su madre.

–Creo que otra semana –dijo Natalie–. ¿Te apañas?

–Sí, Lisa es competente. No tan buena como tu madre, o como tú –dijo con calidez por encima de las velas de la mesa–, pero no voy a pedirte que vuelvas.

–¿No me quieres en tu despacho? –bromeó.

–Te prefiero en mi cama –sonrió.

Estaba en su cama otra vez pocas horas después. Volvió a casa a dar de comer a Herbie, y Caetano le dijo:

–Vuelve.

Y así lo hizo. Hicieron el amor una vez, dos veces. Y una más antes de la mañana. Se quedó a pasar la noche porque quería hacerlo, y porque él no le dijo que tuviera que irse.

Cuando abrió los ojos por la mañana, él ya se había duchado. Se abotonaba una camisa a los pies de la cama, pero la miraba a ella.

–Buenos días –sonrió ella, y él le devolvió otra sonrisa.

–Buenos días. ¿Vas a tu oficina esta mañana?

–Sí. Pero primero tengo que pasar por donde Scott y ver qué tal funciona su nueva «esposa».

–Estaba pensando en que podía intentar llegar a casa un poco antes. Quizá podríamos ir a Redondo, picar algo allí y después ir al cine.

–Yo... –su respuesta se le atragantó– no puedo.

–¿No puedes? –se quedó paralizado.

–Mi sobrina viene a pasar el fin de semana conmigo. Llega esta tarde.

–¿Todo el fin de semana?

–Cuando dije que sí no sabía que tendría una oferta mejor –se encogió de hombros–. Pensaba ir a la playa. Puedes venir con nosotras.

–No –se metió la camisa en los pantalones y se abrochó el cinturón y la corbata. Ya tenía la armadura–. Tengo mucho que hacer –dijo en tono evasivo.

–Pero...

–No te preocupes. Disfruta. ¿Qué tal el domingo por la noche?

–¿Nosotros?

Asintió.

–Voy a cenar con sus padres cuando vengan a recogerla, pero después... a menos que quieras venir.

–No. Pásalo bien. Me marcho.

La noche del viernes con Jamii significaba no dejar de hablar y hacer tacos caseros, hornear galletas y ver películas. Jamii quería invitar a Caetano.

Natalie se quedó pálida al imaginar lo que diría él.

–¡Ni siquiera lo conoces!

–Claro que lo conozco –dijo Jamii–. Es mi amigo. Él, la abuela y yo fuimos a jugar a los bolos.

–¿A los bolos?

–Ajá. Así que sí lo conozco. Alguna vez he desayunado con él cuando lo ha organizado la abuela. Y tiene buenos cereales.

Natalie no se había dado cuenta cuando había estado en su cocina el día anterior. Pero empezaba a ser consciente de que Jamii lo conocía de verdad. Aun así, él no había aceptado su invitación.

¿Qué significaba eso? No era muy difícil de adivinar. A Caetano no le importaba relacionarse con Jamii cuando estaba con Laura, pero sí si estaba con ella. Ella, como mujer con la que compartía la cama, estaba en otro casillero. Así que no esperó verlo hasta el domingo por la noche.

El sábado por la tarde Jamii y ella fueron a la playa. extendieron sus toallas en la parte alta de la arena donde no llegaría el agua. Jamiie empezó a cavar un túnel en la arena. Natalie sacó un libro, aunque la charla constante de la niña no le dejaba leer mucho. De pronto la niña gritó:

–¡Caetano!

–Hola, Jamii, ¿qué tal?

Natalie alzó la vista y lo vio con su tabla de surf de vuelta del agua.

–¿Quieres hacer un castillo conmigo? Estoy haciendo una ciudad entera con túneles, pero necesito un brazo más largo –lo miró a los ojos.

–Jamii... –empezó Natalie.

Pero para su sorpresa, Caetano, tras un breve momento de duda, clavó la tabla en la arena y se arrodilló a su lado.

–Podría hacerlo –miró a Natalie con expresión amistosa–. Hola.

–Eh... hola –¿qué más podía decir?

Fue la tarde más extraña que podía recordar. Aparentemente todo era normal. Cualquiera que los hubiera visto habría pensado que eran una familia que disfrutaba de una tarde de sábado.

Por supuesto, no eran nada ni parecido. De hecho ella esperaba que en cualquier momento Caetano se levantara y se fuera.

Pero se quedó. Estaba totalmente concentrado en trabajar con Jamii, en hablar con ella, escucharla, enseñarle pacientemente cómo dar estabilidad a los muros que hacían.

–Podrías ayudar –dijo a Natalie una vez.

Así lo hizo. Se acercaron algunos niños más que

también querían ayudar. Caetano les dio la bienvenida. Era como el flautista de Hammelin de todos. Jamii no era la única que lo habría seguido a cualquier sitio. Incluso ella lo siguió al agua cuando terminaron para quitarse la arena, después volvió y se dejó caer en la toalla.

–¿No quieres aclararte? –preguntó a su sobrina.

Jamii sacudió la cabeza.

–Tú misma –dijo Natalies resignada a tener que darle una ducha cuando llegaran a casa.

Trató de volver a concentrarse en el libro cuando la cubrió una sombra.

Caetano, aún cubierto de arena la miraba con el ceño fruncido; después miró a Jamii.

–¿Qué pasa?

–Nada –dijo ella sin mirarlo poniéndose a cavar otra vez.

De nuevo Natalie pensó que se iría, pero lo que hizo fue arrodillarse al lado de la niña.

–¿No vienes?

–No quiero –se encogió de hombros la niña.

–Dime qué pasa –se dirigió a Natalie.

Natalie dudó, después decidió que el miedo de Jamii no era tan grave como para ocultar su causa. Así que le contó lo que Dam le había contado la noche anterior.

–Jamii salió en un barco con unos amigos. Nadie comprobó que su chaleco salvavidas estuviera bien puesto. Llegaron a aguas revueltas y una ola la sacó del barco. El chaleco se soltó y casi se ahoga.

–¡No! –protestó la niña.

–Podría haber pasado –dijo Caetano–. Es duro.

–No pasa nada –siguió protestando la niña–. Sólo que ahora no quiero ir.

–No te lo reprocho.

Se sentó en silencio unos minutos y se puso a mirar

al agua. Al verlo así le recordó cómo era con los niños en su oficina. Tenía infinita paciencia con ellos. Era igual con Jamii.

Natalie lo miraba recelosa preguntándose qué haría.

No hablaba. Tampoco miraba a Jamii, ni a ella. Hasta que de pronto se puso a hablar.

–Cuando tenía tu edad –dijo tranquilo–, pasaba los veranos en Brasil con mi abuela. Allí era invierno, pero aun así hacía calor y con algunos amigos hicimos una casa en un árbol. Era muy alto y se mecía con el viento, y pensábamos que era el mejor sitio del mundo. Atamos una cuerda entre dos árboles y hacíamos de Tarzán –sonrió ligeramente recordando esos tiempos.

Atrajo la atención de Jamii y después su mirada.

–Era fantástico, me encantaba –siguió Caetano–. Pero una vez que subía a por unas cosas, se me resbalaron las manos.

–¿Qué pasó? –preguntó la niña sin aliento.

–Me caí.

–¿Mucho?

–Desde bastante arriba –asintió.

–¿Te hiciste... algo?

–Me rompí un brazo –dijo Caetano–. Y un par de costillas –se encogió de hombros–. Nada demasiado terrible. En un par de meses estaba todo curado. Pero no podía subir al árbol mientras me estaba curando. Y después, cuando me curé, no quería ir –agarró un puñado de arena y lo dejó caer lentamente entre los dedos–. Pensaba que me caería.

–Pero si te agarrabas bien... –protestó Jamii.

–Lo sé, pero yo sólo pensaba que me caería y no subía aunque mis amigos lo hacían y podía verlos pasárselo bien allí arriba. Trataron de ayudarme a subir, pero decía que ya no me interesaba –hizo una pausa y

Jamii lo miró–. No iba a decirles que me daba miedo –dijo en un tono tan bajo que Natalie casi no lo oyó.

–¿Y nunca volviste a subir? –preguntó la niña.

–No lo habría hecho –reconoció–. Pero un día cuando mis amigos estaban allí, mi abuela dijo: «Me gustaría ver vuestra casa en el árbol». Yo le dije que no: «No es tan buena y está demasiado alta para que puedas subir». Pero ella dijo: «Está muy alta, pero quiero verla, creo que podré si vienes conmigo».

–¿Lo hiciste? –preguntó la niña con la boca abierta.

–No. Y entonces ella fue y empezó a subir sola por la escalera. Así que... –respiró hondo– fui tras ella. Tenía que asegurarme de que no se hacía daño –hizo una mueca–. Y descubrí que podía volver a subir.

–Que es lo que ella quería que descubrieras –dijo Jamii, que no era ingenua.

Caetano asintió y se recostó en la arena apoyado en los brazos.

–Sí. Y tenía razón. Podía. Lo mismo que tú puedes volver a meterte en el agua –la miró–. Lo sabes, ¿verdad?

En el silencio que siguió, Natalie oyó una ola romper, después otra. Lentamente, con los labios apretados, Jamii asintió. Después recogió las piernas y las rodeó con los brazos.

–Lo mismo que yo lo sabía –dijo Caetano–. Pero algunas veces ayuda ir con quien te comprende.

–Como tu abuela –dijo la niña.

–Ajá. Así que... –la miró de soslayo– si quisieras probar a meter el dedo de un pie... Iría contigo.

Natalie contuvo la respiración. Jamii se mordió el labio. No decía nada. Tampoco Caetano. Siguió allí sentado, mirando el horizonte, sin prisa, como si no tuviera nada mejor que hacer que esperar a que una niña de ocho años cambiara de opinión.

—¿Puedes llevarme a hombros? —preguntó Jamii por fin.
—¿Al agua? Claro, si quieres.
—¿Y no me tirarás?
—Jamás.
—No nos meteremos muy adentro, ¿verdad?
—Hasta donde tú quieras.
—¿Y me traerás cuando quiera?
—Claro.
—¿Aunque cambie de opinión?
—Incluso aunque cambies de opinión —no se movió, sólo esperó.

Lo mismo hizo la niña. Después, despacio, se puso de pie, cuadró los hombros. Miró el océano y después a Caetano.

—Vale —dijo—. Vamos.

Él se levantó y le tendió una mano, después la subió a sus hombros. Tendió otra mano a Natalie.

Pensó que la mano era sólo para ayudarle a levantarse, pero una vez de pie no la soltó. No hizo nada más, no le acarició el brazo, no la besó en la mejilla. Era muy circunspecto.

E íntimo, porque no era sólo sexo. Era una conexión fuera de la cama. Los dos juntos eran una pareja de la mano caminando hacia la orilla.

Mientras caminaban con las olas acariciándoles los tobillos, él hablaba más con ella que con Jamii. De hecho, la niña podría no haber estado.

La conversación era casual, sobre el tiempo, el agua... Sobre ideas para más proyectos de carpintería. Era para Jamii, Natalie lo sabía. Pero aun así, mientras estaban tomados de la mano y ninguno de los dos miraba a la niña. Natalie no pudo evitar pensar que había algo más.

Una ola les llegó a las rodillas y les meció un poco, y Jamii respiró entrecortada. Caetano siguió andando sin perder el ritmo y sin soltarle la mano.

Cuando llegaron al malecón y empezaron a dar la vuelta para volver, Caetano se dirigió a la niña.

–¿Quieres volver a la toalla o prefieres mojarte un poco los pies?

Hubo una larga pausa, lo bastante larga para pensar que querría volver a la toalla. Pero Jamii dijo:

–Me gustaría mojarme las puntas de los pies.

Caetano sonrió. Se volvió a mirarla.

–¿Quieres que te baje aquí o prefieres entrar andando tú?

–Prefiero aquí, contigo.

Soltó la mano de Natalie y levantó a la niña por encima de los hombros, pero no la dejó en el suelo. En lugar de eso, caminó hasta donde el agua rozaba la orilla y se sentó en la arena con Jamii en el regazo. Natalie se sentó a su lado.

El agua llena de espuma les acariciaba las piernas. Natalie esperó que Jamii se pusiese rígida y vio el temor, la tensión en sus ojos. Pero Caetano la tenía rodeada con los brazos y no la soltó hasta que el agua se había vuelto a retirar. Después, agarró un puñado de arena mojada y frotó la pierna de la niña.

Ella se echó a reír. Entonces, para sorpresa de su tía, la niña salió del regazo de Caetano para poder hacer lo mismo con él. Rompió otra ola mientras se agachaba a por la arena, se puso tensa un momento, pero después siguió.

Natalie miró a Caetano a los ojos por encima de la niña. Él sonrió. Ella hizo lo mismo. Un momento de perfecta comunión. Entonces él se puso en pie y le tendió una mano a Jamii.

–Ven conmigo –la invitó.

Jamii, tras dudarlo un instante, le dio la mano. Después juntos, afrontaron las olas.

Jamii no se sentía aún muy cómoda en el agua, pero

Caetano perseveró el resto de la tarde. Actuaba como si no hubiera dicho que no pasaría el día con ellas. Parecía feliz de estar allí.

Cuando decidieron volver caminando al apartamento, fue con ellas.

–Da las gracias por todo –dijo Natalie a Jamii cuando llegaron al jardín–. Caetano te ha ayudado mucho hoy.

–Gracias –dijo la niña.

–De nada –dijo él grave–. Pero sabes que podrías haberlo hecho sola.

–Pero ayuda tener a alguien, como has dicho tú. ¿Vendrás mañana?

–¡Jamii! –protestó Natalie.

–Claro –dijo Caetano.

–¿Y te comerás una pizza con nosotras esta noche?

Natalie se puso escarlata pensando que él creería que habría sido ella quien le había dado la idea de tratar de crear vínculos cuando él no quería.

–Lo siento –dijo–. Jamii no puedes suponer que...

–Ha comido pizza con la abuela y conmigo algunas veces. ¿Verdad, Caetano?

–Algunas veces –dijo él. Alzó la vista y miró a Natalie–. Laura considera un deber alimentarme cuando me ve en las últimas –había algo en su rostro que no consiguió descifrar.

–¿Estás en las últimas esta noche? –preguntó cauta.

–Lo estoy.

–Entonces será mejor que te comas una pizza con nosotras.

–Supongo que debería.

Era como ver hechas realidad sus más anheladas fantasías: abrir la puerta del apartamento y encontrarse con Caetano apoyado en el marco con una sonrisa y una botella de vino.

Se quedó sin palabras. Estaba recién afeitado, con el pelo húmedo. Llevaba unos vaqueros limpios y una camiseta roja. Nada especial.

Pero en su caso definitivamente no era la ropa la que hacía al hombre.

Y todo el deseo que se había propuesto mantener bajo control, pareció desbordarse.

Lo miró sin palabras y él le devolvió la mirada.

Era el modo en que la miraba cuando hacían el amor. Con ojos oscuros. Con una leve sonrisa. Dio un paso hacia ella... y apareció Jamii.

–Hola, Caetano. Ven a ver el libro que estoy escribiendo.

Caetano parpadeó y dejó de mirar a Natalie para concentrarse en su sobrina.

–Claro.

Mientras Natalie preparaba una ensalada, los oía hablar en el salón. Estaba maravillada por la atención que prestaba a la niña. Después, cuando los llamó para que fueran a cenar, sintió que su atención cambiaba a ella. O quizá... podía ser que eran sus excesivamente sensibles terminaciones nerviosas.

Fuera lo que fuera, cada vez que levantaba la vista, parecía que Caetano lo hacía también. Sus miradas se encontraban y saltaban chispas. Cuando le dio un vaso de vino, sus dedos se rozaron y le pareció tan erótico como cuando recorría el contorno de su cuerpo desnudo. Y por la mirada que él le dedicó, pensó que se sentía como ella.

Verlo comer pizza fue aún peor. Tuvo el efecto de hacerle recordar la escena del joven y guapo Albert Finney en *Tom Jones*, comiendo pollo y chupándose los dedos, y provocando en todas las mujeres que lo veían una alteración de su ritmo cardiaco.

No era que Caetano se estuviera chupando los dedos. Era perfectamente educado. Era su mente febril la que imaginaba esas cosas. Desesperada se puso de pie.

–Voy a preparar un poco de café.

Pero en cuanto llegó a la cocina y se puso a trastear con la cafetera, apareció él tras ella. Se dio la vuelta y estuvo a punto de tirar los platos sucios.

–¿Qué haces? –dijo cortante.

–¿Dando un buen ejemplo? –respondió él.

Dejó su plato y el de ella en la pila y, de inmediato, apareció Jamii con el suyo que dejó con los otros.

–Ah –dijo Natalie sintiéndose idiota–. Gracias.

–De nada. ¿Quieres que haga yo eso? –miraba la cafetera observando que ella no progresaba–. Déjame –le quitó el filtro de las manos y llenó la jarra de agua.

Ella abrió un armario intentando recuperar el control y de paso buscando el café. Pero no estaba allí.

Caetano se acercó a la nevera y sacó la bolsa. Echó unos granos en el molinillo y apretó el botón. El aroma del café llenó el aire. Echó el café molido en el filtro y lo colocó en la cafetera.

–No suelo hacer café aquí... –balbuceó ella.

–Yo sí –dijo él, y la besó en los labios.

Sintió que se derretía en el sitio. No podía moverse. Estaba hipnotizada por el beso. Quería que siguiera, que la abrazara, abrazarlo. Se apoyó en él.

–¿Quieres ver una peli, Caetano? –llegó la voz de Jamii desde el salón.

Caetano se aclaró la garganta y recolocó los vaqueros.

–Tenemos *Los tres ositos* y *Cenicienta* –gritó la niña.

–¿*Cenicienta*? –Natalie arqueó una ceja.

Seguía temblando. Sentía estremecimientos por el deseo que la recorría.

–Espero a ver si hay otra –dijo él con una sonrisa.

–No tienes que quedarte.

–Me quedo –se miraron.

–Ya está –gritó Jamii.

–Vamos –dijo Natalie–. Yo llevo el café.

Un beso más que la dejó con las rodillas blandas, y Caetano se fue con Jamii al salón. Natalie se quedó un momento agarrada a la encimera respirando entrecortada intentando recuperar el equilibrio. Cuando el café estuvo hecho, llenó dos tazas y las llevó al salón.

–Siéntate aquí –dijo Jamii señalándole un sitio en el sofá a su lado.

Se sentó y, con Jamii entre medias, vieron la película. La vio la niña... *Cenicienta* no, por suerte.

Natalie vio las manos de Caetano que sujetaban la taza de café. Lo vio cruzar las piernas y no pudo apartar la vista de los músculos que se marcaban debajo de los pantalones. Notaba el movimiento del sofá cada vez que cambiaba de postura.

La película era divertida. Jamii reía como una loca. Caetano también reía. Extendió el brazo por el respaldo y le acarició el cuello. Jugueteó con su cabello e hizo que se estremeciera entera. No podía pensar en nada que no fuera él.

Se volvió a mirarlo y él la miró. Ella tembló, él sonrió. Exactamente en el momento en que Natalie se dio cuenta de que Jamii no se reía porque se había quedado dormida. No lo sabía, pero Caetano evidentemente sí. Se movió lentamente, tomó en brazos a la niña y preguntó:

–¿Dónde la dejo?

Y Natalie consiguió dejar de mirarlo y lo guió hasta la habitación de su madre. Apartó la ropa de la cama y

Caetano dejó a la niña. Le apartó el cabello del rostro y dio un paso atrás.

Caetano estaba tan cerca de ella que podía oírlo respirar. Le pasó un brazo por la espalda y la empujó suavemente hacia el pasillo. Era como si bailaran. La apoyó en la pared y se inclinó a besarla. Ella separó los labios y se abrió para él como anhelaba hacer. Lo rodeó con los brazos y se apretó contra su cuerpo. Él deslizó la mano debajo de su ropa y le acarició la espalda, los pechos.

–¡Tía Nat!

Caetano dio un salto y Natalie se puso rígida. Miró a su alrededor y no vio a la niña.

–¿Qué? –se bajó la blusa y se dirigió a la habitación–. ¿Qué pasa?

–¡Me he quedado dormida! ¡No hemos visto el final de la peli! –se sentó en la cama–. ¿Puedo verlo ahora?

–No... ahora no –dijo ella deseando que el corazón se le tranquilizara un poco–. Mañana por la mañana.

–¿Sigue Caetano aquí? –preguntó la niña con un suspiro.

Antes de que Natalie pudiera decir nada, Caetano dijo desde el pasillo:

–Me marchaba a casa –parecía calmado, y Natalie se sorprendió.

–¿Iremos mañana también a bañarnos? –preguntó la niña.

–Vendré a buscarte por la mañana. Ahora duerme.

–Pero...

–Ya lo has oído. A dormir –dijo Natalie–. O no vendrá.

Jamii hizo una mueca, pero se acostó. Natalie le dio un beso y volvió con Caetano al salón.

El deseo seguía presente.

–No podemos... –dijo en tono de disculpa.
–Lo sé.
Pareció tenso, insatisfecho. Le dio un beso fuerte, casi duro, y salió a toda prisa por la puerta.

Capítulo 5

HABÍA sido una estupidez... pasar todo el día con Natalie y Jamii. No debería haberlo hecho, pensó Caetano. Se acostó en la cama y trató de no recordar la noche que había pasado en ella con Natalie. Pero como todo lo demás con ella, no funcionó.

Como todo el día. Había rehusado pasar el día con ellas en la playa. Había sido sincero con ella, le había dicho que aquello no duraría para siempre, que no quería complicaciones y compromisos y esa clase de cosas.

Tenía sentido no crear vínculos yendo a la playa con ella... Y luego había ido.

Bueno, no había sido intencionado. Al menos no era tan estúpido como para hacer eso. Pero cuando se las había encontrado, sus pies habían caminado en esa dirección.

Conocía a Jamii. Se quedaba con su abuela con frecuencia, y le gustaba. Era menos complicada que la mayoría de los críos con los que trataba habitualmente. Le gustaba su frescura. Era una versión en pequeño de Laura. También le recordaba un poco a Natalie.

Pero no había ido sólo a saludar a la niña, pretendía pasar la noche en la cama de Natalie. Había pasado dos noches con ella y una sin ella y se había sentido más solo de lo habitual.

Quizá era porque había trabajado hasta tarde, y luego había vuelto a casa y había visto la luz en el apartamento de Laura. Podía oír la risa de Jamii y había deseado presentarse allí.

No lo había hecho, claro. Imposible. No tenía sentido. Mala idea.

En lugar de eso había trabajado en la argumentación de un caso que tenía la semana siguiente. Pero por la ventana había seguido viendo la luz de la casa de Laura.

Y había notado cuando se había apagado.

Se había ido a la cama. Y quería estar allí con ella. Pasar la noche haciendo el amor, abrazándola, mirándola dormir. Ya lo había hecho una vez.

Nunca lo había hecho antes. No era capaz de recordar una sola mujer con la que se hubiera acostado con la que se hubiera sentido tan cómodo, que se hubiera dormido así a su lado.

Natalie lo había hecho porque no tenía nada que ver con las mujeres con las que tenía aventuras. Natalie, como su madre, era todo corazón. No debería haberse acostado con ella, pero al mismo tiempo sabía que no podía esperar para volver a hacerlo.

¿Era por eso que las había buscado ese día? ¿Por eso se había quedado con ellas? Se movió en la cama tratando de buscar una respuesta. Pero no tenía ninguna. Ninguna que su mente de abogado pudiera aceptar. Siempre disfrutaba de ver a Jamii, pero anhelaba mucho más la compañía de su tía. Claro que se había alegrado de quedarse al enterarse del miedo al agua de la niña. Conocía el miedo paralizante. Lo que su abuela había hecho por él era algo de lo que siempre estaría agradecido. Le parecía lo normal hacerlo con la sobrina de Natalie.

Y lo supiera Natalie o no, él sabía que la niña había superado el miedo en parte porque él había confiado en ella. También tenía que ver que Natalie estuviera allí. Jamii quería a Natalie, confiaba en ella. Le había contado la historia, pero no habría podido ayudarla sin la presencia de su tía. También necesitaba el cariño y la aceptación de su familia.

No estaba seguro de que Natalie lo hubiera comprendido, aunque quizá sí; era la hija de Laura.

Natalie abrió la puerta casi antes de que llamara a la mañana siguiente.

–Tengo un enorme favor que pedirte.

–Oh, eso suena prometedor –dijo Caetano con una sonrisa–. ¿Te froto la espalda? ¿Te hago el amor despacito y dulcemente?

–Me gustaría –dijo sincera–. Pero me preguntaba si podrías ocuparte de Jamii.

–He dicho que la llevaría a bañarse –la miró desconcertado.

–Sí, pero me imaginaba que iría yo también –dijo Natalie–. Así que me ocuparía yo de ella, pero yo.. nosotras... el negocio... hay un trabajo que tengo que hacer.

–¿Tienes que ser la esposa de alguien? –la miró con los ojos entornados.

–La anfitriona de alguien, en este caso. Uno de nuestros mejores clientes recibe a un grupo de compañeros de trabajo en su yate. Esperaba que Rosalie hiciera los honores, pero Rosalie se ha intoxicado con pescado anoche. Sophy acaba de llamarme.

–Y Sophy no puede hacerlo porque...

–Porque se marea. Sólo puedo yo, me temo. Puedo ver si la madre de Harry puede ocuparse de Jamii. Se llevan bien, pero...

–No –dijo Caetano–. Me ocuparé yo.

–Eres un santo –dijo abrazándolo.

Lo besó haciendo que él se sorprendiera de que un simple beso pudiera tener tanto poder.

No debería habérselo pedido. No sabía qué otra cosa hacer. Y él podría haberse negado. Le había sorprendido que no lo hubiera hecho. Se metió el móvil en el bolsillo.

–Llámame si tienes algún problema. Dan y Kelly volverán antes de la cena. Saben que me suples, los he llamado esta mañana. Dicen que te llevarán a ti a cenar en vez de a mí, era parte del trato –explicó.

–No hace falta que me den de cenar –dijo Caetano.

–Lo que tú quieras –dijo ella.

–A ti –dijo él.

Natalie se quedó con ese pensamiento. Le había preocupado el final abrupto de la noche anterior. No le habría sorprendido que la hubiera llamado esa mañana para decirle que no podía ir. Pero había ido. Incluso había flirteado. Así que su aventura tenía otro día de vida. Se preguntó si debería hacer una muesca en la pata de la cama. Aunque sabía que no sería gracioso. Estaba en la cresta de la ola, pero llegaría el momento de la bajada, lo sabía.

–Cree –le decía siempre su madre–. Confía. Ten esperanza.

–Y te romperás los dientes –respondía su hija mucho más realista tras la huida del padre.

–Eso no te lo crees –le recriminaba Laura.

Y ella sabía que no. Así que continuaba creyendo, confiando y esperando que algún día Caetano se diera cuenta de que también él la amaba.

Podía no haber sido su día ideal, pero pasarlo con Jamii enseñó a Caetano muchas cosas sobre su tía. Supo que sabía tocar el piano, pero que nunca practicaba. Supo que le gustaban las espinacas y las alcachofas, pero que aborrecía el repollo y las coles de Bruselas. Se enteró de que siempre había querido viajar, conocer otros lugares, pero que aún no lo había hecho.

–Excepto a México –dijo Jamii–. El año pasado fue con nosotros a Cabo.

Se enteró de que había sido co-jefa de su patrulla de exploradoras y que lo habría vuelto a ser ese año, pero que como tenía mucho, mucho trabajo, estaba demasiado ocupada.

–Demasiado ocupada incluso para tener un novio –informó Jamii mientras construía la torre de un castillo de arena.

–¿Sí? –no se paró a pensar por qué se alegraba tanto de oír eso.

–¿Tú tienes novia?

–Yo...

–Porque si no, podrías ser novio de la tía Nat.

–Resulta tentador –dijo Caetano.

No se permitió pensarlo mucho.

Natalie acababa de llegar y de quitarse los zapatos cuando sonó el teléfono.

–Hola.

–¿Qué tal ha ido? –sonrió al oír la voz de Caetano–. Ya he visto que se ha ido.

–Se ha ido –repitió–. Lo hemos pasado bien. Ya conozco todos tus secretos.

–Oh, cariño –se echó a reír–. ¿Incluso lo de Billy Hardesty?

–¿Quién es Billy Hardesty?

–Bien, al menos me queda un secreto –se dejó caer en el sofá y cerró los ojos disfrutando.

–No por mucho tiempo –prometió Caetano–. ¿Tienes hambre?

–Un poco. Había mucha comida y poco tiempo para comerla. No tengo pies.

–Podemos resolver eso –dijo, y sonó un clic.

Pensó que había colgado y se quedó desconcertada un momento. Entonces oyó pisadas y se dio cuenta de que el clic había sido el sonido de la puerta al abrirse y que estaba de pie sonriendo.

–Vamos –dijo él.

La tomó en brazos, la sacó por la puerta y bajó las escaleras.

–¿Qué ha...? ¿Dónde está...? –pero no terminó las frases.

No tuvo que hacerlo. Lo sabía.

Abrió la puerta de su casa de un puntapié y la llevó hasta el salón donde la dejó en el sofá. Se sentó a su lado y la abrazó. Ella se entregó feliz.

¿Se suponía que tenía que resistirse? No era posible. Era un sueño hecho realidad.

«Creer, confiar, esperar».

Las palabras de su madre las tenía cerca del corazón mientras abrazaba a Caetano.

Creer, confiar, esperar. Y amar.

No tenía elección. Le entregaría todo lo que tenía y esperaba. Tenía que hacerlo.

Se sentía como si llevara esperando desde siempre.

Sólo no había compartido la cama con ella dos noches. ¡Dos! Apenas horas. Y aun así le parecía una eternidad. Había oído el coche, la había visto entrar en el jardín, y había ido a buscarla en cuanto había subido la escalera.

En ese momento le masajeaba los pies y la hacía gemir de placer.

-¿Quién es Billy Hardesty? -sonrió mientras le acariciaba los pies.

-Oh, eres un demonio -jadeó y rió-. Jamás te lo diré.

-¿Jamás? -subió las manos por las piernas-. Nunca digas nunca jamás.

Natalie se echó a reír mientras tiraba de la blusa hacia abajo.

-Es el primer chico que me besó. Teníamos cinco años.

-Ah. Supongo que entonces puedo dejarlo vivo. Mientras eso no se convierta en una costumbre.

-Nadie lo convierte en una costumbre.

Y Caetano se descubrió pensando: «Yo lo haré».

Pero no se permitió pensar en las ramificaciones de esa idea. La besó con pasión y se dispuso a amarla. Ella le devolvió el favor.

Caetano no estaba acostumbrado a renunciar al control, pero ¿cómo podía rechazarla? Además, ella no le preguntó. Simplemente le acarició. Ella también acariciaba, mordía, besaba, amaba.

Ella lo exprimía. Lo dejaba agotado. Lo dejaba satisfecho y al mismo tiempo con ganas de más. Ganas de ella. Porque aquello, fuera lo que fuese, no era suficiente. Algo en el profundo interior de Caetano sentía una extraña especie de anhelo que jamás había experimentado antes.

Conocía la tentación de decir dos palabras que jamás había dicho antes. Palabras en las que había jurado que no creía. Y al saber qué palabras eran ésas, sintió un temor paralizante.

¡No amaba a Natalie! No podía.

Capítulo 6

CUANDO Natalie miró hacia atrás no fue capaz de señalar el momento en que fue consciente de que algo iba mal. No era un momento definido.

La verdad era que seguramente siempre habría habido algo que iba mal. Había estado demasiado ocupada en sus ilusiones para admitirlo. O quizá con la errada confianza de la juventud y el amor, había creído que podría cambiar a Caetano.

Había sido sincera con él, después de todo. Había dicho que sí, que si tres años antes hubieran hecho el amor, ella habría querido todo: amor, matrimonio, final feliz.

Pero al no admitir que en su corazón seguía sintiendo lo mismo, no había sido sincera del todo consigo misma. Se había dicho que saber lo que Caetano quería era suficiente, que era una mujer madura ya, que podría afrontar las limitaciones que él imponía a su relación.

Pues no era así.

Su relación, o cómo se llamase, estaba bien tal como iba. Ser amada físicamente por Caetano era maravilloso. Pero no le llegaba al corazón.

Y ella, que seguía siendo una soñadora, se había atrevido a esperar que fuera así. No había podido imaginar que no sería capaz de convencerlo de que lo que sentía por él era lo bastante fuerte, lo bastante estable y maduro como para contrarrestar las desilusiones que él hubiera tenido que afrontar en el pasado.

Lo que demostraba, suponía, precisamente lo inmaduro que era su amor.

O quizá no, pero no era suficiente. Lo sabía. Lo amaba... y él se echaba atrás.

El deseo seguía ahí. Él seguía diciendo cada mañana: «¿Te veré esta noche?». Seguía siendo un amante entregado y generoso en la cama. Podía hacer que se retorciera y estremeciera de deseo.

Pero no la abrazaba. Ya no. Cuando se despertaba por la noche estaba sola. Él estaba en la cama, pero separado. Distante. Sólo si se quedaba dormido abrazándola, seguían después así. Si se despertaba, se separaba de ella.

Al principio había pensado que podía no tener nada que ver con su relación. Podía ser por su trabajo, tenía muchos casos complicados.

–¿Va algo mal? –le había preguntado la primera mañana tras la experiencia del distanciamiento.

Estaban sentados en la cocina. Había preparado el desayuno para los dos antes de volver a casa de su madre para vestirse para ir al trabajo.

Caetano, que había entrado en silencio, se había servido una taza de café y miraba la portada del periódico sin responderle al principio.

Cuando repitió la pregunta, pareció sorprendido y sacudió la cabeza.

Empezó a correr por las mañanas. Se despertaba y descubría que ya no estaba. No la invitaba a ir con él. Jamás hablaba de por qué había empezado a ir cuando no había ido antes. Y ella no preguntaba porque instintivamente sabía que era una pregunta que él no quería responder.

¿Era así como sucedía siempre?, se preguntó. ¿Sería así como terminaban sus aventuras? ¿O podía seguir manteniendo las esperanzas?

–He hecho una reserva para el viernes –la voz de Laura era tan alegre y brillante que tuvo que respirar hondo antes de preguntar.
–¿Todo va bien, entonces?
–No nos hemos matado –dijo escueta–. Así que puede decirse que ha ido bien –suspiró–. Es su período de ajuste –dijo–. La abuela quiere bailar la polca. No tiene paciencia. Pero progresa.
–¿Estará bien sola?
–Sí. Y vendré a pasar otra temporada con ella en uno o dos meses. Pero yo ahora necesito volver a mi vida, y ella tiene que adaptarse a la suya.
–Suena bien.
–Será un buen momento –dijo Laura–. Si Caetano se marcha, tendré la oportunidad de poner al día la oficina sin que le pise los talones.
–¿Se marcha? –se le cayó la cuchara que tenía en la mano en la taza del desayuno–. ¿Caetano?
–¿No te lo ha dicho? Bueno, no, supongo que no dado que ya no trabajas con él –dijo completamente despreocupada.
No tenía ni idea de que en ese momento estaba en la cocina de Caetano.
«No, no trabajo con él, me acuesto con él», pensó al borde de la histeria. ¿Por qué había de decírselo? Era la mujer con la que compartía la cama en ese momento. Nada más. Nada menos.
–Va a dar una conferencia en Sacramento –dijo Laura–. La conferencia es el fin de semana, así que será perfecto. Con tal de que sobreviva los próximos días –se echó a reír.

–¿Te recojo en el aeropuerto?
–Sería fantástico –le dio los detalles del vuelo y los anotó.

Acababa de colgar cuando apareció Caetano.

–Buenos días –se sirvió una taza de café y le dedicó una sonrisa.

Una sonrisa amigable en la que, bien pensado, no había nada especialmente personal.

No había nada que indicase que pasaban horas el uno en brazos del otro, que se acariciaban y saboreaban y se conocían en el más íntimo de los sentidos.

–Buenos días –dijo finalmente ella–. Acabo de hablar con mi madre. Vuelve el viernes.

Él asintió y después hizo una pausa como si se le hubiera ocurrido algo, pero no dijo nada. Se sentó frente a su cuenco de harina de avena y empezó a desayunar.

–Dice que es un buen momento para volver porque tú no estarás –lo miró expectante.

Asintió y no dijo nada.

–Estarás en Sacramento dando una charla –dijo sin darle importancia mientras limpiaba la encimera y fregaba la taza.

–Así es –dijo él, y no añadió nada más.

Lo oyó dejar la taza y se volvió a mirarlo. Lo vio entrelazando los dedos de las manos delante de la cara. Se miró las manos mudo como si no hubiera nadie más en la cocina.

Natalie se volvió y empezó a frotar la cacerola con fuerza debajo del chorro de agua.

–Así que yo también me voy a mi casa, evidentemente –dijo sin mirarlo.

Hubo un largo silencio. Sólo se oía el agua del grifo y el estropajo en la cacerola.

–Entonces será un buen momento para que pongamos fin a esto –dijo él.

Natalie ni siquiera se dio la vuelta. Siguió frotando. Entonces se irguió, cerró el grifo y se secó las manos antes de volverse a mirarlo mientras secaba la cazuela.

–Si es eso lo que quieres –dijo con un nudo en la garganta.

Él dudó un momento y después asintió y se puso de pie.

–Creo que será lo mejor.

Esa tarde no hubo ningún mensaje en el contestador que dijera que se veían por la noche. Tampoco llamaron a la puerta. Pasó toda la tarde en el apartamento de Laura. Leyó un libro. Se lavó el pelo. Vio la televisión. No sabía si él estaba en su casa o no.

Trató de hacer como si no le importara.

No lo vio. No esperaba hacerlo. No después de lo sucedido esa mañana.

Una parte de ella había pasado el día esperando que él se diera cuenta de que había algo más que unas noches en la cama, más que sexo, más que el deseo que rugía en sus venas.

Pero sentada en silencio en el salón, supo lo que iba a suceder.

Sus luces estaban encendidas al otro lado del jardín. Estaba en casa. No había ninguna duda. Tampoco había ninguna duda de que iba a quedarse allí.

Al principio trató de consolarse pensando que al menos esa vez no se había humillado. Pero cuanto más tiempo pasaba sabía que eso no era suficiente.

Habían jugado con las reglas de él. Por lo que sabía, las había respetado. Y viviría con las consecuencias de sus actos, por dolorosas que fueran.

Pero si iba a tener que vivir así el resto de su vida, quería más.

—Más —dijo a Herbie con firmeza.

Estaba apoltronado en la mecedora dormido. No se movió. No le importó. Ni siquiera cuando se levantó, se cepilló los dientes, se peinó, echó un poco de brillo en los labios y salió por la puerta.

No se paró a pensar. Sabía lo que pasaría si lo hacía. En lugar de eso, caminó hasta la puerta trasera de Caetano. Dio un golpe seco. A él le llevó un minuto abrir.

Algo indescifrable apareció en su mirada. Más que nada pareció sorprendido y quizá un poco confuso.

—¿Qué pasa?

—No pasa nada —dijo Natalie—. Sólo pensaba que, si vamos a terminar, es mejor que lo hagamos bien.

—¿Qué?

Alzó una mano y le ofreció su mejor sonrisa antes de decir despiadada:

—Creo que deberíamos echar uno como despedida.

¿Se suponía que tenía que decir que no? Quizá debería.

Había pasado demasiado tiempo pensando en ella las últimas dos semanas. Siempre estaba en su cabeza de un modo que jamás había estado otra mujer. Se había metido dentro de él y no podía meterla en un compartimiento como había hecho con las demás.

Quería estar con ella, hablar con ella, reír con ella, pasear con ella por la playa. Construir castillos de arena, ver películas, hacer cientos de cosas con ella.

Empezaba a convertirse en una obsesión y el último fin de semana había pensado que ese viaje a Sacramento sería un buen momento para tomar aire. Aun así, por un momento, había contemplado la idea de pedirle que lo acompañara.

Sin embargo sólo había sido un segundo y la razón había prevalecido.

Pero si quería una última vez, por Dios que se la daría, pensó mientras le tomaba la mano y tiraba de ella hacia el interior de la casa. Cerró la puerta.

¿Qué diferencia supondría una vez más? Y ella tenía razón. Sería mejor si los dos sabían que ésa era la última vez. Un cierre. Sin sorpresas. Sin reproches.

No dijo nada mientras la llevaba por el pasillo. Sólo se detuvo para dejar un pesado libro de leyes que había estado hojeando con la esperanza de no pensar en ella y dormir bien.

Tenía por delante una mejor perspectiva: Natalie.

De pronto sintió urgencia por tenerla. Le quitó la camiseta y, deslizando las manos por los costados, le bajó los pantalones cortos. La acostó encima del edredón de su cama y ella le abrió los brazos. Y él, por Dios, no era capaz de quitarse la ropa lo bastante deprisa. Esa vez ella no le ayudaba, lo esperaba mientras luchaba contra su camisa, contra la corbata. No se había cambiado al llegar a casa. Se había tirado en el sofá con el libro, decidido a esperar hasta que fuese hora de acostarse.

–Estás un poco lento esta noche, ¿no? –murmuró ella aumentando su temperatura aún más.

Estuvo a punto de arrancarse los botones de la camisa, después se quitó los pantalones y los zapatos. Se sentó en la cama y la rodeó con los brazos.

Ella sacudió la cabeza y dijo:
–No.
–¿No? –no podía creerlo.
Ella se echó a reír y miró sus pies.
–No estoy dispuesta a consentir que mi último recuerdo de ti en la cama sea desnudo y con los calcetines puestos.

Caetano se echó a reír y ella le quitó los calcetines y después recorrió sus piernas con los dedos. La risa se apagó y cuando ella se tumbó en la cama boca arriba sintió que se moría por que lo rodeara con sus brazos.

Su cuerpo quería saciarse ya, en ese instante. Su voluntad, algo mejor disciplinada, le hizo ir despacio. Se tomó su tiempo con ella, saboreó cada caricia, cada roce.

Al mismo tiempo que memorizaba el aspecto de su rostro mientras sus manos recorrían su cuerpo absorbiendo cada detalle. Inhaló el aroma a coco y lima de su champú al tiempo que disfrutaba de su ligeramente salado sabor. La acariciaba y ella arqueaba la espalda, hacía que lo deseara, pero él se resistía.

–Espera –le decía–. Espera.

Y cuando finalmente ninguno de los dos podía esperar más, se puso sobre ella y se deslizó dentro, disfrutando de su cálida humedad que lo envolvió mientras lo rodeaba con los brazos.

El instante fue tan perfecto que se quedó paralizado, desesperado por atraparlo, por hacerlo durar. Entonces ella se movió y esa sensación acabó con el escaso control que le quedaba. Embistió contra ella, se encontró con el cuerpo que salía a recibirlo. Sus cuerpos se movían a un compás perfecto hasta que sintió los espasmos de ella alrededor.

Por última vez se perdió en ella. Después ya no supo dónde terminaba él y empezaba ella.

Los cierres, pensaba Natalie unos días después, estaban sobrevalorados.

Ciertamente ella tenía sus recuerdos, y algunos de ellos hacían de la última noche en brazos de Caetano algo inolvidable. Pero eso no cambiaba nada.

Ella había salido en silencio de su cama antes del amanecer, aunque esa vez él había estado despierto. Se había movido y él le había agarrado la mano y dicho:
—Quédate.

Por un instante se había atrevido a volver a tener esperanza, pero después había añadido:
—Son sólo las tres. Tenemos tiempo.

Pero ella sabía que el tiempo se había agotado.
—Necesito dormir algo –había dicho ella–. Y tú también para poder tener todo ordenado antes de irte.

Era la primera vez en los dos últimos días en que ella había hablado de algo que tuviera que ver con sus vidas fuera de la cama. Era un reconocimiento de la realidad. Nada más.

Caetano no había discutido. Había encontrado la lógica en todo ello. Después de todo, era una persona lógica. La había mirado vestirse y, justo antes de que se fuera, había saltado de la cama, se había puesto unos pantalones cortos y había dicho:
—Te acompaño a casa.
—No hace falta
—Hasta que llegues a la puerta de Laura –insistió.

Salieron en silencio. No la tocó, pero notaba su presencia detrás. Oía su respiración. Sus brazos se rozaron cuando le abrió la puerta para dejarla pasar.

Ella mantuvo la cabeza alta. Controló las lágrimas que sabía se habría permitido si se hubiese ido sola a casa. Llegó al final de las escaleras de Laura con su dignidad intacta, y metió la llave en la cerradura antes de que Caetano lo hiciera por ella. Después, con la puerta abierta, se dio la vuelta, le tendió una mano y sonrió.
—Buenas noches.

Él no respondió, sólo se quedó mirándola en silencio. Después le tomó la mano, se la acarició y se la soltó.

–Que duermas bien –dijo, y se fue.

Ella se quedó de pie en el silencio esperando oír el sonido de su puerta trasera. Nunca sonó, en su lugar oyó la verja del jardín.

Se metió dentro rápido y llegó a la ventana a tiempo de verlo desaparecer por el paseo marítimo, después saltó el muro y se puso a correr. Ella se fue a su habitación.

–Duerme bien –repitió sus palabras, y miró al techo.

Sí, eso.

–¿Estás bien, cariño? –dijo Laura interrumpiendo una frase sobre la recuperación de su abuela.

Natalie, que había invitado a su madre a pastel de carne porque quería que le contara cosas de su abuela, pero no quería encontrarse con Caetano, sonrió brillante.

–Claro, ¿por qué no iba a estarlo?

–Estás muy callada.

–Normalmente soy callada –le recordó Natalie–. Dan es el ruidoso.

–Sí, pero apenas has dicho dos palabras desde que llegué a casa la semana pasada. Cada vez que te he preguntado cómo han ido las cosas, incluso cuando has trabajado con Caetano, sólo dices «bien» –la miraba suspicaz por encima de una copa de vino.

–Porque han ido bien –se encogió de hombros–. No ha habido ningún problema. ¿Por qué? ¿Ha dicho él que los haya habido? –frunció el ceño y se sirvió unas judías verdes.

–No. Tampoco él dice nada. Trabaja todo el tiempo. Ya ni siquiera para a cenar. Se queda en el despacho hasta la hora de irse a dormir.

–Quizá tengo mucho trabajo atrasado.

–Trabaja mucho.

–¿Has hablado hoy con la abuela? –cambió de tema como pudo.

No tenía sentido hablar de Caetano. No había nada que pudiera contarle a su madre y nada que ésta pudiera decir de Caetano que quisiera escuchar.

Había pasado la última semana como una zombi, tomándose su tiempo, haciendo las cosas de una en una, tratando de concentrarse en lo que se traía entre manos, y apartando sus pensamientos de Caetano cada vez que iban en esa dirección. Y había sobrevivido.

Pero las noches eran peores. No podía dormir. Sólo podía tumbarse y recordar. Todo se repetía interminablemente para hacerle reír y avergonzarse y sonreír y anhelar.

Mejoraría, se decía. Seguiría adelante, encontraría nuevas preocupaciones.

–¡Búscate algo! –le había sugerido Sophy más de una vez los pasados diez días–. O aún mejor, vete de vacaciones. Pareces un cadáver –había dicho esa mañana en la oficina.

–No –replicó–. Estoy bien.

–Tienes unas ojeras enormes.

–No duermo bien. Tengo... alergia.

–Seguro –dijo Sophy–. Y yo soy el hada madrina. Ya te dije que los Savas te rompen el corazón.

Natalie se limitó a mirarla. Sophy suspiró.

–Lo sé. No sirve de nada que te lo digan. No se puede evitar. Pero sinceramente, Nat, deberías tomarte unos días libres. Vete. Toma algo de distancia, de perspectiva.

Qué perspectiva iba a tomar. No tenía ni idea.

–Lo pensaré –dijo.

Incluso pensó en preguntarle a su madre un buen sitio al que ir. Laura había hecho algunos viajes sola y con amigos después de que Clayton la dejase.

Había rehecho su vida. Era un modelo perfecto a imitar.

Imitaría a su madre. Sólo necesitaba un poco más de tiempo.

Estaba contenta de haber invitado a su madre a comer, aunque se puso un poco nerviosa cuando sugirió que lo repitieran a la siguiente semana, pero en su apartamento.

–Mejor ven tú aquí –dijo Natalie, que no quería arriesgarse a ver a Caetano–. Casi nunca vienes.

–Ahora estoy aquí –señaló Laura–. Y si vienes a mi casa, podemos caminar por el paso marítimo después. Así hago el ejercicio que tengo que hacer.

–Quizá –dijo Natalie–. Ya veremos.

Pero cuando su madre volvió a decirlo antes de irse, Natalie no se comprometió.

–Hablamos la semana que viene –dijo mientras la acompañaba al coche.

Era una noche fresca para primeros de agosto. En el interior, donde ella vivía, no era demasiado, pero en la playa habría que ponerse un suéter. Su madre sacó uno del coche y después le dio un beso.

–Gracias por la cena. Y por ocuparte de Herbie, y de Caetano, cuando he estado fuera.

–Me alegro de haberlo hecho.

–Espero que no haya sido muy complicado.

–En absoluto.

Desde luego, el gato no. Los recuerdos del hombre acababan con su tranquilidad. Pero Laura jamás sabría eso. Simplemente creería que Caetano había necesitado ayuda y ella se la había prestado.

Cuando su madre se fue, Natalie volvió dentro y deseó haber tenido que quitar la mesa y fregar.

Pero Laura había insistido en ayudarle con todo.

Así que la cocina estaba como una patena y Natalie tenía otra noche vacía por delante.

Si se sentaba a leer, su mente vagaba en direcciones que no quería. Si veía la televisión, era incluso peor. Se puso con el papeleo de la empresa, pero no le llevó nada poner al día la agenda de toda la semana. Hizo las llamadas de teléfono para confirmar los destinos del día siguiente e incluso llamó a Sophy para asegurarse de que todo estaba cubierto.

–Necesitas orientación –dijo severa Sophy–. O un billete al fin del mundo.

Natalie no respondió nada, aunque el fin del mundo le parecía muy tentador. Dio las buenas noches y colgó, después miró el reloj deseando que fuera más tarde, deseando estar mas cansada.

La rápida llamada en la puerta la sorprendió. No conocía a muchos de sus vecinos, pero ocasionalmente alguno aparecía para pedirle azúcar o una manzana.

Abrió la puerta ansiosa por una distracción... y se quedó paralizada: era Caetano.

Capítulo 7

SU SOLA visión hizo que el corazón perdiera el ritmo, lo que demostraba que todo lo que se había estado diciendo de que las cosas mejoraban con el tiempo era mentira.

—¿Caetano? —se agarró con fuerza al pomo de la puerta.

—Tengo que hablar contigo —no sonrió, parecía tenso.

No quería dejarle pasar. Sería mucho más duro cuando se marchara. Pero se suponía que no tenía que importarle, se dijo, así que abrió la puerta del todo.

—Pasa, siéntate.

Entró. No se sentó. Paseó un poco. Ella no dijo nada. Se sentaría si quería. Caetano se metió las manos en los bolsillos y la miró.

—Tengo que pedirte un favor. Una proposición de negocios, supongo que lo llamarías tú.

—¿Negocios? —no esperaba eso.

—Esposas de alquiler —dijo él—. Eso es lo que haces, ¿no? Sólo que no necesito una esposa, necesito una prometida —la miró directamente—. A ti.

—No creo... —consiguió decir tras un momento.

—Escúchame primero. Mi padre se va a casar —empezó a pasear otra vez—. Para hacer feliz a mi abuela.

—¿Qué?

—Mi abuela está enferma, se está muriendo —temblaba ligeramente—. No me lo ha dicho, ha sido él —pareció enfadado—. Me llamó ayer y me lo contó todo.

Su... enfermedad. Su boda –se pasó las manos por el cabello–. Es para hacerla feliz.

–¿Su boda? No sé por qué las bodas hacen felices a otras personas que no se casan –aventuró–. Sólo quizá accidentalmente...

–Bueno, a mi abuela le hace feliz. Piensa que tiene que sentar la cabeza. Y tendré que ir. Soy una especie de padrino –añadió con una mueca.

Podía ver lo poco que le emocionaba la perspectiva. Era una burla de todo lo que creía. Pero aún seguía sin explicar su proposición de negocios.

–¿Qué tiene que ver una prometida con todo esto? –preguntó Natalie.

–Pues que ella quiere lo mismo para mí –apretó la mandíbula–. Que siente la cabeza. Que me case –la miró–. Y si no aparezco con alguien con quien vaya a hacerlo, se verá en la obligación de presentarme a todas las mujeres solteras de Brasil.

–Deja que lo haga –sugirió.

–No. No. Lo deseará demasiado... –no terminó la frase, pero las implicaciones estaban claras.

–Y tienes miedo de acabar casándote con cualquiera sólo por hacerla feliz.

No respondió, pero Natalie fue consciente de lo devoto que era de su abuela. Y si su padre se casaba por agradarle, no era imposible imaginarlo a él haciendo lo mismo.

–Si vienes conmigo, no tendré que hacerlo –dijo por fin.

Como si fuera cosa de ella prevenir el desastre del matrimonio.

–No –dijo Natalie–. No estaría bien.

–Sí estaría bien, ¡maldita sea! –replicó con los ojos ardiendo–. No está mal hacerla feliz.

–Sería una mentira.

–No tenemos que mentir.
–¡Has dicho que querías contratarme como prometida! Eso es una mentira.
–Vale. Me declaro, tú dices que sí y lo anulamos cuando volvamos.

Lo miró alucinada. Él se pasó la mano por el pelo otra vez.

–Mira, no es para tanto. Sólo un... arreglo –respiró hondo–. No mentiremos. Te llevaré, eso hablará por sí mismo –la miró a los ojos. Natalie dudó–. No te tocaré si es eso lo que te preocupa –su tono era áspero.
–¿Qué?
–No espero que te acuestes conmigo. No es un viaje de esa clase.
–¡No te hagas ilusiones!
–Tú no te las haces, ¿verdad? Por supuesto que no. Lo has demostrado. Por eso puedo pedírtelo. Sólo una semana, Nat. Eso es todo. Te pagaré.
–¡No me pagarás!
–Bueno, es un negocio, pero vale. No te pagaré. Sólo... por favor. Harías feliz a una anci...
–Si dices que haría feliz a una anciana, te meto un calcetín en la garganta.

Caetano apuntó una sonrisa, pero se encogió de hombros.

–De acuerdo, no lo digo. ¿Qué tal «me harás feliz a mí»?
–Oh, estoy desesperada por hacerte feliz, ¿no? –respondió sarcástica.

Él no respondió, sólo esperó. Y no había tiempo en el mundo suficiente para que ella reuniera el sentido común necesario para decirle que no.

Respiró hondo sabiendo que era tonta. Nada había cambiado después de todo.

—Vale —murmuró—. Lo haré, pero sólo porque Sophy insiste en que me tome unas vacaciones.
—Nos vamos el martes —sonrió triunfal.
Pero en sus ojos, ella pudo ver que la preocupación iba por debajo.

Le dio un anillo.
Estaban en el aeropuerto esperando para embarcar y de pronto sacó una caja de un bolsillo y se la entregó. Natalie la miró como si fuera a explotar.
—¿Qué es eso? —peguntó esperando que no fuera lo que parecía.
Caetano abrió la caja. Lo era. Un perfecto diamante. Muy elegante. No una roca, pero tampoco minúsculo. Exactamente la clase de diamante que Caetano regalaría a la mujer con la que fuera a casarse... si fuera a casarse con alguien. Lo que no era así.
—¡Dijiste que no íbamos a mentir!
—No es una mentira.
—¿Qué es entonces? ¿Una declaración?
—Si quieres, sí —se encogió de hombros—. Mira, póntelo, ¿vale? Considéralo parte del uniforme.
Lo sacó para ponérselo en el dedo y ella frunció el ceño, pero finalmente extendió la mano.
—Seguro que no me sirve —murmuró, tenía unas manos grandes, no las delicadas que les gustaban a los hombres.
—Seguro que sí —dijo Caetano confiado.
Y, maldición, le quedaba bien. Perfecto. Miró el anillo en su dedo y sintió una profunda desesperación en algún sitio. Empezó a temblar.
—¿Cómo has...? —empezó, pero no pudo terminar.
—Le pregunté a tu madre tu talla de anillos.
Lo miró horrorizada.

—¿Has preguntado a mi madre mi talla de anillos? ¿Estás loco? ¿Qué demonios va a pensar? —no quería ni pensarlo.

—¿Qué va a pensar? La verdad, le dije la verdad.

—¿Que me has contratado para ser tu... prometida?

—Sabe de mi abuela, la conoce. Lo comprende.

¿Sí? ¿Y qué pensaría de que la hubiese elegido a ella como prometida? ¿Se habría preguntado el porqué? No la había llamado, así que pensó que su madre era tan optimista como Caetano pensaba que era. Pero ¿por qué no había llamado para hablar con ella? ¿Esperaba su madre que pasara algo? Dios, qué lío.

—Esto va a ser un desastre —dijo con tranquila certeza.

—No, no lo será —dijo Caetano—. Irá bien. Tiene que ir bien —añadió con fuerza.

La fila empezó a moverse. Mientras avanzaban, Natalie se retorcía el anillo en el dedo y era plenamente consciente de la mano de Caetano en su espalda.

Fue fácil dar con Lucia Azevedo cuado llegaron a la zona de recogida de equipajes. Era pequeña, como una pajarito cuyo pálido rostro se iluminó al ver a Caetano. Se acercó a ellos en segundos y abrazó a su nieto con fuerza, después dio un paso atrás para mirar a Natalie.

—¿Así que tú eres la dama de mi Caetano? —le tendió una mano que Natalie estrechó.

Sus dedos eran finos y huesudos, pero cálidos, y Natalie notó en ellos la determinación.

—Me alegro tanto de conocerla, señora Azevedo —dijo Natalie con una punzada de culpabilidad.

Desde que había oído la historia que Caetano contó a Jamii, había querido conocer a esa mujer.

–Llámame Lucia –dijo la abuela.

–Lucia –repitió Natalie–. Gracias por invitarme. Y gracias a usted, señor Azevedo –se dirigió a un hombre que se mantuvo un poco por detrás.

En ese momento, abrazó a su hijo y después besó a Natalie en las dos mejillas.

–Xanti –la corrigió–. Señor Azevedo me suena a mi padre. Fallecido.

–Amado –dijo su madre con firmeza–. Y profundamente añorado.

Xantiago Azevedo tendría cincuenta y tantos, pero mantenía la figura de jugador de fútbol. No tenía los hombros tan anchos como su hijo, tampoco era tan guapo como él, pero por su sonrisa pudo ver que siempre habría tenido éxito con las damas. Y había un brillo en sus ojos verdes que lo hacía un poco más diabólico que su serio hijo.

–¿Dónde está Katia? –preguntó Caetano a su padre.

Katia era la novia. Pero Natalie sabía poco más.

–La he visto un par de veces –había dicho Caetano–. Es joven. Guapa. La clase de chica con la que suele salir Xanti. No mucho mayor que yo –hubo una mezcla de duda y censura en su tono.

Miró a su alrededor, pero pareció no verla. Miró a su padre.

Xanti se echó a reír y se encogió de hombros.

–Andará por ahí –dijo mientras recogía una de las maletas–. Tiene mucho que hacer antes de la boda. Yo no sé qué es tan importante.

–Yo sí –dijo su madre–. La boda es importante. Quiere que sea perfecta.

Caetano puso los ojos en blanco, pero su abuela no lo vio. Estaba concentrada en caminar para salir de la terminal. Su paso era lento y no muy estable. Natalie se acompasó a ella y le ofreció el brazo.

–Quizá tu padre pudiera traer el coche y recogernos a tu abuela y a mí aquí –dijo a Caetano, que seguía a su padre cargado con más maletas.

La miró y dijo algo a su padre en portugués. Inmediatamente después acompañó a su abuela y a Natalie a un banco.

–No deberías haber venido –dijo frunciendo el ceño–. Deberías haberte quedado en casa tranquila.

Ella pareció indignada mientras se sentaba en el banco.

–¿Para qué voy a descansar? Para ti. Por fin estás aquí. ¿Quién sabe los días que tengo para verte?

–No digas eso –la regañó Caetano.

–Es la verdad –dijo encogiéndose de hombros.

Y lo miró con tanto amor que resultaba casi doloroso, especialmente a Natalie, que sabía cómo se sentía.

Les llevó casi una hora llegar a la casa que Xanti había construido para su madre cuando se había convertido en una estrella internacional del fútbol. Estaba en la misma zona rural en que habían vivido siempre y era una mezcla de granja y gran finca. Cuando llegaron, Natalie se dio cuenta de que no era sólo una casa, sino un complejo de dos casas de buen tamaño y varias casitas más pequeñas.

–Porque Xanti quería comida casera, pero no quería que la abuela le dijera que no llevara chicas a casa –le explicó Caetano irónico después de que dejaran a la abuela en su casa y la persuadieran de que se echara una siesta–. La casa de ella es ésta, y la de él está un poco más allá –señaló con la mano una casa moderna al lado de una piscina–. Y hay otras para la familia y las visitas –añadió mientras caminaban por un sendero que atravesaba el bonito jardín en dirección a una casita–. Ésta es la tuya.

A la que la había llevado era más antigua que las otras, una casa de estuco color marfil con profundas ventas y una veranda de piedra en la fachada delantera. Era la casa más hermosa que Natalie había visto nunca.

A uno de los lados del porche crecía una buganvilla burdeos que subía por el tejado.

Aunque en Brasil era invierno, el día era cálido, y Natalie agradeció la sombra cuando Caetano sacó una llave y abrió la puerta, después le cedió el paso. El interior era fresco y tan agradable como el exterior. Un sofá de ratán y sillones con coloridos almohadones ocupaban un extremo de la habitación principal, había también una cocina pequeña y un comedor. Unas ventanas francesas daban a una veranda detrás del comedor.

Había un corto pasillo con un cuarto de baño y un dormitorio en el que Caetano dejó la maleta. Natalie lo siguió y se quedó mirando la ancha cama. Al instante sus ojos volaron a Caetano en el mismo instante en que él la miraba a ella.

–Yo me quedaré donde la abuela –dijo–. No te preocupes. Tú también puedes, por supuesto. Sólo que he pensado que, dadas las circunstancias, preferirías quedarte aquí para que tengas un poco de intimidad. Así no estarás bajo el microscopio todo el tiempo.

–Mejor, gracias –le dedicó una sonrisa y, por primera vez desde que había accedido a ir, casi se sintió bien.

Casi como si no hubiera cometido el mayor error de su vida.

Volvió al saloncito y lo recorrió tratando de absorber la tranquilidad del sitio.

–Es precioso, todo –dijo a Caetano–. La casa de tu padre parece impresionante y la de tu abuela es encantadora. Pero creo que aquí estaré mejor. Es hogareño.

Se preguntó si habría resultado grosera, pero por primera vez Caetano sonrió.

–Era de la abuela, era su antigua casa. Se ha reformado –hizo un gesto en dirección a la cocina–, pero fue aquí donde vivieron ella y mi padre, donde creció Xanti. Aún vivía aquí la primera vez que vine de crío. Entonces Xanti vivía en Europa, ganaba mucho dinero, pero aún no había vuelto para construir todo lo demás –giró la cabeza en dirección a la casa de su padre–. También a mí me gusta ésta.

Era uno de esos momentos de perfecta comunión que compartían. Uno de ésos que le hacía desear aún más lo que nunca tendría. De pronto él dijo:

–Debería volver con la abuela. ¿Quieres venir o prefieres descansar un rato?

–Voy a descansar –dijo ella.

Caetano abrió la boca para decir algo, pero luego la cerró. Otra larga mirada. Se pasó la lengua por los labios y después carraspeó.

–Ven donde la abuela cuando quieras –dijo en tono formal–. Chao.

–Chao –susurró Natalie sintiendo un nudo en la garganta.

Pero Caetano no la oyó. Caminaba ya en dirección a la casa de la abuela, no volvió la vista.

Había sido acertado llevar a Natalie. Era importante que su abuela no se preocupara por él.

Estaba conmocionado por el cambio que había visto en ella. En los cuatro meses que habían pasado desde la última vez que la había visto, se había convertido en una sombra de lo que era.

No había creído a su padre cuando había llamado.

¿Había sido sólo cinco días antes? Era imposible que hubiera cambiado tan rápido.

Su abuela había sido el único apoyo constante de su vida desde que tenía seis años. Era la que tenía tiempo para él, quien le había escuchado, quien había confiado en él y le había exigido más. La persona a la que más debía en el mundo.

No había podido creerlo cuando Xanti le había dicho que se moría.

—¡He hablado con ella hace un par de semanas! —había protestado—. No me dijo nada.

—¿Dice algo alguna vez?

La pregunta había terminado con sus protestas.

¿Se lo diría a él? Conocía la respuesta antes de que su padre hiciera la pregunta.

No, no se lo diría. No mientras estuviera tan lejos. No mientras él tuviera su vida. No querría apartarlo de ella, no querría que se preocupase por algo que no podía cambiar.

Pero al pensarlo en ese momento, recordó que le había hablado de encontrarle una esposa. Había habido broma en sus palabras como siempre lo había, pero esa vez había una especie de urgencia. Algo más.

—Se está muriendo —repitió Xanti—, así que me voy a casar.

—¿Con quién?

—¡Con Katia! ¿Con quién si no? —había dicho ofendido.

Katia Ferreira era relaciones públicas de la empresa deportiva para la que trabajaba su padre. Estaba en los treinta y tantos, bastante guapa, muy rubia, una perspicaz mujer de negocios. A diferencia de las otras mujeres con las que había salido su padre, Katia nunca había parecido cautivada por la conducta infantil y voluble de Xanti, ni siquiera por Xanti mismo.

–¿Y ella se casará contigo? –había preguntado él.
–Me ama. Irá bien –había respondido Xanti–. Hará feliz a tu abuela. Dejará de preocuparse por mí.

Luego, lo sabía, también se preocupaba por él. Por encontrarle una esposa. Y eso le había hecho pensar instintivamente en llevarse a Natalie a Brasil.

Pero en el momento en que lo había pensado, supo que no podría. Después supo que tenía que poder. No quería, pero podía.

Sabía que no era una buena idea, pero no se lo podía pedir a ninguna otra mujer. Su abuela no era estúpida. Se daría cuenta de la treta en un minuto.

Pero sí creería lo de Natalie. Querría a Natalie. No sólo vería la belleza exterior de Natalie, apreciaría su dulzura, su comprensión, su innato tacto, su sinceridad, su sentido del humor. Ambas eran personas fuertes, cuidadoras.

Sospechaba que a Natalie también le gustaría su abuela.

Pero no había sido fácil pedírselo. Aún pensaba en ella con demasiada frecuencia. Aún se despertaba buscándola. Además, sabía que ella objetaría, que diría que no estaba bien.

Sí lo estaba, maldición. Estaba bien hacer feliz a la persona más importante de su vida. Hacer que dejara de preocuparse por algo que no dependía de ella.

Pero si había pensado que pedírselo iba a ser duro, tenerla allí en la casa de su familia era peor... porque casi al instante pareció encajar.

Los días estaban llenos de preparativos para la boda. No tenía mucho tiempo para pasarlo con ella porque Xanti siempre estaba proponiéndole cosas que hacer.

–No te preocupes, estoy bien –decía cuando él se disculpaba–. También yo puedo ayudar.

Así lo hizo: haciendo recados para Katia, tarjetas

para los sitios de las mesas, incluso algunas modificaciones menores del vestido de novia. Y si pasó bastante tiempo con Katia, mucho más pasó con la abuela.

A pesar de su incomodidad con la charada, lo hizo bien. No se mantuvo apartada. Y no se mostró tímida con su familia. Más bien al contrario.

–No tienes que pasar todo el tiempo con ellos –le dijo él.

Ella lo miró con aire ofendido.

–¿Preferirías que no lo hiciera?

–Claro que no. Está bien –dijo gruñón–. No quiero que te sientas... explotada.

–No lo estoy. Lo estoy pasando bien. Me gusta tu abuela.

–Tú también le gustas a ella.

Como a todos los demás.

Xanti, claro, pensaba que era deliciosa. Pero lo pensaba de la mayoría de las mujeres. Aun así, aprobaba a Natalie más que a la media.

La noche del jueves, dos días después de su llegada, Caetano y su padre tomaban una cerveza en la veranda para quitarse del medio y no molestar en las preparaciones de la boda que tenían lugar en la casa de la abuela. Estaban de pie a media luz y miraban por la ventana cómo se afanaban las mujeres.

Xanti se dejó caer en una silla, tomó un largo trago de cerveza y miró a su hijo.

–Eres mucho más inteligente de lo que lo era yo a tu edad.

–Eso no es mucho –dijo Caetano alzando una ceja.

–Seguramente no –dijo entre risas–. Algunos hombres siguen el mal ejemplo. Yo lo he hecho así durante muchos años –su expresión se volvió seria–. Pero me alegro de que tú no hayas seguido el mismo camino.

Me alegro de que hayas elegido a la mujer adecuada a la primera.

Caetano abrió la boca... y la volvió a cerrar. No podía negarlo, así que mejor no decir nada. Sólo cuando su padre lo miró expectante, finalmente respondió:

—Me alegro de tener tu aprobación.

—La tienes —dijo comprensivo—. Me gusta Natalie. Te hace sonreír, te da vida... lo mismo que a mí Katia.

Esa percepción sorprendió a Caetano. No había esperado tal capacidad de observación en su padre. Desde pequeño su padre le había dicho que era demasiado serio.

—Alguien tiene que serlo —respondía siempre él.

—Sé lo que vas a decir —dijo Xanti haciendo una mueca—. Y tienes razón, por supuesto. No he sido un padre muy allá. Lo siento. Quizá lo haga mejor esta vez.

—¿Esta vez? —lo miró asombrado—. Quieres decir... ¿está Katia? —se quedó sin palabras.

—¡No! —exclamó Xanti—. Pero... —se encogió de hombros con fatalismo— nunca se puede predecir el futuro, ¿no? Lo que tenga que ser, será. ¿Y qué me dices de tu futuro? ¿Cuándo aprietas el nudo del todo?

Caetano trató de concentrarse en la pregunta de su padre y se dio cuenta de que era otra de las que no tenía respuesta.

—No lo hemos hablado.

—¿Por qué no?

Caetano se encogió de hombros de nuevo.

—Aún es pronto.

—No tanto como crees —le advirtió—. No pierdas el tiempo. No la embauques.

—No me des consejos sobre mujeres —atajó Caetano.

—Tranquilo —alzó una mano como para detener a su hijo—. Era sólo una sugerencia. Sólo te digo que Natalie es demasiado buena como para dejarla perder. No querrás que se case con otro.

—¡No se va a casar con nadie! –dijo apretando los dientes.

—Claro que no –dijo Xanti tranquilo, y dio un trago a la cerveza.

Caetano trató de recuperar el aliento. Trató de no pensar en el día en que ella se casaría con otro.

Ella podía decir que no tenía intención de casarse, pero él sabía que no era así. Era demasiado amorosa, demasiado entregada. Encontraría un hombre al que amar y se casaría con él.

—Bueno –dijo Xanti–, ¿qué tal unos pases con el balón?

—No –dijo Caetano dejando su botella vacía en la mesa–. Natalie y yo vamos a dar un paseo, quiere ver los jardines.

Capítulo 8

NO LO VIO acercarse.
En un momento estaba atando lazos en unas pequeñas cajas de bombones para poner en las mesas en la boda, y al siguiente Caetano estaba a su lado diciéndole:

—Sal fuera conmigo.

—No puedes llevártela —protestó Katia entre risas—. Está trabajando.

—Ya ha trabajado bastante. Vamos —dijo seco ayudando a Natalie a ponerse de pie—. *Boa noite*.

—*Boa noite* —dijo Natalie cerrando la puerta tras ella.

Tras ella oyó un torrente de *chaos* y *boas noites*, pero Caetano siguió andando hasta que ella se plantó.

—¿Qué pasa? —preguntó exigente mirándolo.

—No lo sé —dijo Caetano sin aliento.

—¿No lo sabes? —lo miró.

—No te he traído aquí para que trabajes para Katia —se dio la vuelta y echó a andar en dirección a los jardines.

—No —corrió para alcanzarlo—, me has traído para que los convenciera de que nos íbamos a casar. Y ser parte de la familia, ayudar, es una forma de hacerlo.

—Lo sé —se metió las manos en los bolsillos sin dejar de caminar.

—¿Entonces cuál es el problema? ¿Estoy haciendo algo que no quieres que haga?

Abrió la boca y luego la cerró.

–No, está bien. Lo estás haciendo todo bien –dijo finalmente.

–Sí, puedo decirlo. Pareces encantado –dijo sarcástica.

Apretó la mandíbula, pero no dijo nada. Había llegado a la zona de la piscina que, iluminada desde abajo, brillaba como una turquesa. Esa tarde se habían bañado, habían reído y bromeado y se habían salpicado mientras su abuela los miraba sonriendo. En ese momento parecía que habían pasado cien años desde entonces. Lo mismo que las noches que había pasado con ella en la cama parecían de otra época.

El deseo seguía presente. Podía sentirlo. Parecía latir entre ellos incluso en ese momento. En el fresco de la noche ella notaba el calor de su presencia aunque ni siquiera la estuviera mirando. En lugar de mirarla, había echado a andar otra vez por uno de los senderos iluminados con luces enterradas en el suelo.

–¿Dónde vamos? –preguntó ella mientras trataba de mantener su paso.

–A ver los jardines.

–¿Ahora? –sabía que estaban del otro lado.

La abuela se lo había explicado esa tarde, le había dicho que el abuelo los había empezado cuando aún era aquello una granja.

Caetano se dio la vuelta impaciente.

–Has dicho que querías verlos.

–Bueno, sí, pero ¿quizá a la luz del día? ¿Son visibles ahora?

Pareció sorprendido como si no se le hubiera ocurrido a él.

–Es sólo una reflexión... –añadió ella inclinando la cabeza y sonriendo.

Él también sonrió, después suspiró con aspereza y se pasó una mano por el pelo.

–Demonios.

–¿Qué pasa? –le apoyó una mano en un brazo y él dio un respingo.

Caetano, sacudió la cabeza y se alejó un poco. Volvió a meterse las manos en los bolsillos.

–Nada. Xanti me ha estado dando una charla. Siempre lo hace. Debería saberlo. Sólo que... No importa –se encogió de hombros y añadió en tono más relajado como si de pronto sus preocupaciones hubieran quedado en un segundo plano–. Vamos, volvamos a la casa.

–¿No podemos sólo... pasear? –sugirió de pronto reacia a poner fin a su breve encuentro a solas.

Él dudó y después se encogió de hombros.

–Bueno.

Así que pasearon. Caetano conocía el sitio como la palma de la mano. No necesitaba las luces que marcaban los senderos. Natalie las habría necesitado, pero a los pocos metros sintió que le tomaba una mano. Los dedos se enlazaron en silencio. Los hombros se rozaron.

La mayor parte del tiempo pasearon en silencio. No sabía qué podía estar pensando él. Lo que ella pensaba era lo mucho que deseaba que aquello fuera real, lo mucho que deseaba que él se diera la vuelta, la abrazara y le dijese: «Quiero esto. Te quiero a ti. Te amo».

Temblaba por el deseo que la recorría.

–¿Tienes frío? –interrumpió la fantasía la voz de Caetano–. Deberías haber traído un suéter.

–Estoy bien –dijo, pero siguió temblando.

–No, no lo estás. Vamos a volver –se dio la vuelta.

Como aún estaban agarrados de la mano, ella también dio la vuelta. Caetano caminaba mas deprisa y en pocos minutos llegaron a la casa de Natalie. Abrió la puerta y le cedió el paso, pero él no entró.

–¿Te gustaría...? –hizo un gesto con la mano en dirección al sofá.

—Debería volver —se miraron un instante y la electricidad, como siempre, saltó entre los dos.

Deseó que él olvidara su promesa y se metiera en su cama.

—Caetano...

—Buenas noches, Nat —su voz sonaba estrangulada.

Se dio la vuelta y caminó hacia casa de su abuela antes de que ella pudiera decir nada.

Mejor así, pensó Natalie. Mejor mantener las cosas en la senda de los negocios, porque eso era lo que era. Pero al cerrar la puerta y apoyarse contra ella, su deseo le dijo que ésa era la mayor de las mentiras que se había dicho esa semana.

Lucia Azevedo podía ser frágil y estar enferma, pero no era tonta.

Había sido hospitalaria y aceptado a Natalie desde su llegada. Pero al mismo tiempo había una cierta reserva en su conducta.

Natalie casi había podido ver a la abuela de Caetano mirándola y preguntarse: «¿Quién es esta mujer? ¿Cómo es en realidad? ¿Me atrevo a pensar que amará a mi nieto como se merece ser amado?».

Ella no se había acercado y respondido, por supuesto. Sencillamente sonreía, miraba y escuchaba. Le dedicaba tiempo a Natalie mientras todos los demás corrían de un lado a otro con los preparativos de la boda.

Natalie ayudaba y descubrió que, cada vez que lo hacía, Lucia estaba allí, mirándola, escuchando y, ocasionalmente hablando si ella hacía alguna pregunta.

Y, aunque sabía que emocionalmente sería mejor no enterarse de muchas cosas de la vida de Caetano en Brasil, no podía evitarlo. Preguntaba por los veranos que había pasado allí. Estaba ansiosa por dedicar horas a ver fotografías que Lucia estaba feliz de mostrarle y le encantaba escuchar las historias que la señora contaba sobre el serio niño que iba a visitarla y que se había convertido en el hombre fuerte y considerado que era el Caetano que ella conocía.

–Era un niño tan serio –decía Lucia recordando mientras miraban a Caetano jugar un poco al fútbol con su padre–. No sabía jugar. Al menos creo que eso se lo enseñó Xanti... –asintió mientras Caetano reía por algo que había dicho su padre–. Pero, en realidad, Caetano era siempre el adulto.

A Natalie no le sorprendió la imagen. Xanti era más juguetón y coqueto que su hijo.

–Claro que tenía que serlo –siguió la abuela–. Siempre había sentido que él tenía que cuidar de todo. Había cuidado de su madre la mayor parte de su vida, parece, y cuando por fin se casó con Xanti, creo que pensó que podría empezar a ser un niño. Pero las cosas empeoraron.

–¿Empeoraron?

–Esos dos eran como niños: peleaban, discutían. Cada uno quería seguir su camino. Era mejor que Caetano estuviera aquí. Aquí podía ser un niño.

Natalie tenía millones de preguntas, pero no planteó ninguna. Calló con la esperanza de que Lucia compartiera información, y se sintió recompensada cuando lo hizo.

–Esa primera vez fue dura para él. Xanti, por supuesto, no estaba por aquí. Me dejó al niño y volvió a Italia. Caetano no sabía qué hacer, qué pensar. No hablaba el idioma. No me conocía. Pero... –sonrió al recordar– lo resolvimos. Supo arreglárselas. Pensó que se quedaría conmigo si era útil –otra sonrisa–. Y eso hizo. Y aprendió portugués. Lo admiraba por ello. Aprendí inglés por él. Nos enseñamos mutuamente.

—Tú eres la persona más importante en su vida —dijo Natalie.

—Lo era. Ahora lo eres tú.

—En realidad no, yo...

—Y así debe ser —interrumpió Lucia dando una palmada en la mano de Natalie—. Sigue siendo demasiado solemne muchas veces —dijo la abuela—. Aún muy... ¿cómo se dice? ¿Reservado? Es difícil de conocer, sí —miró de soslayo a Natalie, que asintió—. Así que creo que tienes una gran fuerza para haber saltado dentro de sus muros.

—Lo amo —dijo con un nudo en la garganta.

Lucia inclinó la cabeza. La miró un largo momento, tan largo que Natalie se sintió como un insecto en el microscopio, pero no se movió. Era la pura verdad.

Fuera lo que fuera que Lucia había visto, al final dijo:

—Sí —y le tomó la mano—. Creo que sí.

Su sonrisa cambió entonces. Siempre había sido una sonrisa amable, educada. Pero en ese momento le llegó a los ojos. Y en ella Natalie vio el amor que no sólo sentía por Caetano, sino también por ella. Y la besó en la mejilla.

—No sabes lo feliz que me has hecho —dijo con voz ronca por la emoción—. Temía tanto que Caetano nunca encontrara a una mujer que le llegara al corazón.

¿Qué se suponía que tenía que decir a eso? «¿Demonios, yo lo amo, pero él me ha contratado para hacer de prometida una semana?». Por supuesto, no podía decir algo así, ni nada remotamente parecido. Sólo sonrió.

—Ha llegado el momento de que baje sus defensas —dijo Lucia—. Se defiende mucho.

—Lo sé.

—Tiene que confiar mucho en ti.

–Eso espero –quizá no la amaba, pero sí confiaba. No la habría llevado si no fuera así. Alzó la mirada, lo miró y vio que él la miraba.

Un puntapié más y dejó a su padre con el balón y miró las manos de Natalie enlazadas con las de su abuela. Se acercó a ellas.

–¿Contando secretos? –dijo a su abuela con una sonrisa.

–Por supuesto –rió ligeramente, y palmeó la mano de Natalie–. Sólo le decía lo feliz que estoy de que hayas encontrado a la mujer de tu corazón.

Algo indescifrable pasó por los ojos de Caetano, pero al instante sonrió.

–Por supuesto que sí –dijo, y se inclinó y besó a Natalie en los labios.

Era una actuación, y ella lo sabía. Por supuesto que no le costaba besarla, pero no significaba nada. Pero incluso así, cuando él volvió al balón con su padre, no pudo evitar tocarse los labios y guardar el recuerdo en su corazón.

–¿Dónde conociste a Caetano? –preguntó Lucia.

–Cuando yo era interina en una firma de abogados para la que trabajó él –dijo toda la verdad que pudo.

Contó cómo lo había conocido y cómo se había enamorado de él sin casi conocerlo. Pero después había tenido oportunidad de conocerlo mejor, aunque sólo había tenido oportunidad de saber lo buena persona que era más tarde ese verano. No le contó cómo lo había descubierto. Contarle a Lucia que se había metido en la cama de Caetano y que él la había rechazado era ir un poco más allá de la verdad que estaba dispuesta a contarle a Lucia.

Después le habló del tiempo que había pasado en casa de su madre y cómo se habían reencontrado. Le habló de lo bien que había tratado a Jamii, de cómo había conseguido que la niña volviera a meterse en el agua con la historia de la casa en el árbol.

–Porque tú le ayudaste –le dijo.

–Estaba aterrorizada –Lucia se echó a reír–. Odio las alturas. Pero por Caetano... bueno, algunas veces hay que hacer cosas que dan miedo, ¿verdad? Lo quiero mucho. Tú sabes cómo es eso. Eres la dama de Caetano.

Natalie sabía cómo era, claro que lo sabía. Lo mismo que sabía que no era su dama.

La boda fue justo después de la puesta del sol en el jardín entre las casas de Xanti y de Lucia. Natalie se sentó al lado de la abuela, quien la tomó de la mano mientras Xanti, visiblemente pálido y nervioso, y Caetano, su padrino, más serio y remoto que nunca, esperaba en el altar a que llegase la novia.

Era una composición para recordar y guardar en el corazón: padre e hijo juntos, con sus trajes negros, las camisas blancas y las impecables pajaritas. Al cabo de unos momentos sólo tenía ojos para él. Podría sentarse y dedicarse a mirarlo.

Era el hombre más guapo que había visto nunca. Más alto y de hombros más anchos que su padre. Menos nervioso. Xanti no paraba de pasarse los dedos por dentro del cuello de la camisa, Caetano no movía un músculo, ni siquiera cuando empezó a tocar el quinteto y las damas de honor se pusieron en marcha.

Entonces, como hizo todo el mundo, Natalie se volvió a mirar a la comitiva. Venían tres damas de honor seguidas de la resplandeciente Katia con un sencillo vestido corto de seda color marfil, y que se acercaba a Xanti con aire sereno. Cuando llegó a la altura del novio y apoyó una mano en el brazo, Xanti recuperó el color y en sus ojos Natalie notó que, a pesar de su carácter, de sus nervios, el padre de Caetano estaba donde quería estar.

Empezó la ceremonia y se dio cuenta de que no necesitaba hablar portugués para entender.

Lo conocido de la escena le dio un ancla a la que agarrarse para controlar sus emociones. Un ancla peligrosa, lo sabía. Se le ocurrían ideas poco realistas. Dejó de mirar a los novios para estudiar a Caetano, para imaginarse cómo sería casarse con él.

¿Estaría nervioso y preocupado como su padre? ¿Sonreiría? ¿Tendría el mismo aspecto de enamorado que tenía Xanti?

Nada de eso, se dijo áspera. Pensar en Caetano y en el matrimonio era algo inimaginable.

Deliberadamente desvió la mirada y se concentró en la radiante novia y el aún nervioso novio al que casi se le cayó el anillo que le entregó Caetano.

El celebrante pronunció las últimas palabras y Xanti besó a la novia. Era otro hombre. Se volvió sonriendo a mirar a los asistentes sin soltar la mano de Katia. Su expresión decía que contemplaban al hombre más feliz del mundo.

Al lado de Natalie, Lucia se enjugaba las lágrimas de los ojos y sonreía radiante. Todo el mundo lo estaba. Todo el mundo excepto Caetano, quien permanecía de pie, mirando desde media distancia, remoto y con el rostro impenetrable.

La determinada indiferencia de su mirada contrastaba tanto como la de su padre y abuela y la de todos los demás, que Natalie no podía dejar de mirarlo, ni siquiera cuando sus miradas se encontraron. Sus ojos eran oscuros e indescifrables.

Natalie esperó que a ella no se le notara el anhelo. No podía saber si él lo detectó, pero a los pocos segundos, desvió la mirada. Le llegó el turno de ofrecer el brazo a una de las damas de honor para seguir juntos a los recién casados.

El inmenso jardín se había decorado con miles de farolillos. Parecía un mundo mágico.

En las verandas de las casas de Xanti y su madre se habían colocado mesas en las que se había dispuesto la elegante comida. La gente se sentó mezclada y ella acabó al lado de Caetano.

–¿Dónde si no? –dijo la abuela cuando Natalie mostró su sorpresa–. Es tu sitio.

Desde luego que era el sitio adecuado para que se sintiera más anhelante de lo que ya estaba.

Quizá era porque estaban en una boda. Quizá por la contención que él había mostrado toda la semana, aunque la corriente de deseo aún circulaba entre los dos. Pero cuando se sentaron juntos fue plenamente consciente de cada vez que el codo de él la rozaba al cortar la carne. Cuando brindaron por su padre y Katia, tocó su copa de champán con la de ella, sus dedos se rozaron, y entre ambos parecieron saltar chispas.

Cuando acabaron de cenar, se levantaron y él le pasó el brazo por los hombros como haría cualquier prometido. Pero no tenía obligatoriamente que hacerlo, ¿no?

No. Quería hacerlo. Y ella quería que lo hiciera. No pudo evitar acercarse un poco más a él mientras hablaban con una pareja de primos.

Sólo estaba siendo una buena prometida. Eso era todo. Caetano podría haberse separado, pero no lo hizo. Giró la cabeza y ella sintió su aliento en el cabello, al lado de la oreja. Un estremecimiento de deseo la recorrió entera. Envalentonada por el deseo, deslizó un brazo por la cintura de él y notó cómo se ponía rígido. Pero siguió sin soltarla. Incluso tensó un poco su abrazo.

Al día siguiente todo habría terminado. Volverían a casa y sus caminos se separarían. Natalie lo sabía. Lo aceptaba, pero... ¿esa noche?

Tragó con dificultad. Afrontó la realidad de su propio deseo y supo que esa noche llevaría sus roces con él hasta donde su deseo quisiera. Y al diablo con las consecuencias.

Caetano dejó que sus dedos juguetearan con el cabello de ella mientras hablaba con su primo Marcelo. No era permitirse demasiado. Ni se acercaba a lo que quería hacer. Pero era algo que se podía permitir con su prometida en una boda, así que se lo permitió.

No se había permitido mucho esa semana. Un beso aquí. Una caricia allá. Un poco de darse las manos en público. Lo justo para que su abuela se lo creyera. Tampoco tanto como para perder la cabeza.

Natalie rió por algo que había dicho su primo Breno. Cambió de postura y él la sujetó con más fuerza. Tragó con dificultad y respiró hondo.

Podría haberse separado de ella. No lo hizo. Sería sólo un momento.

Entonces la brisa agitó su cabello y un mechón le rozó el rostro llevándole el aroma de su champú. Era algo que sabía que jamás olvidaría. La lima y el coco antes le habían recordado la playa, pero ya sólo le recordaban las noches que ella había pasado en sus brazos.

Se moría por volverla a tener así. Instintivamente la atrajo un poco más hacia él. Ella apoyó la cabeza en su hombro y su mejilla frotó la suave lana de su chaqueta.

Sabía lo suave que era la piel de esa mejilla. Quería sentir esa suavidad una vez más, rozarla con sus labios...

–¡Caetano! ¡Ven! A bailar –lo sacó la voz de su padre del ensueño.

–¿Bailar? –repitió Caetano, y recordó que sus deberes como padrino no había concluido.

–Un baile con mi dama de honor –le había dicho Katia el día anterior en el ensayo–. Sólo uno. Después ya puedes bailar toda la noche con tu Natalie.

¿Bailar toda la noche con Natalie? ¿Y mantener sus manos lejos de ella después? ¿Qué clase de santo se pensaba Katia que era? Seguramente no pensaba que fuera un santo de ninguna clase. Seguramente pensaba que haría exactamente lo que quería hacer.

Caetano soltó a Natalie bruscamente.

–Tengo que buscar a Amelia –dijo, y apartó la mirada y después se dio cuenta de que no actuaba como un prometido cariñoso, como debía–. ¿Estarás bien con Breno y Marcelo?

–Claro, estaré bien –asintió.

Claro que lo estaría. Por eso la había llevado. Había hecho todo lo que él había querido que hiciera.

Fue en busca de Amelia, una morena alta y esbelta, guapa, soltera y, a juzgar por las miradas que habían intercambiado, completamente disponible.

Empezó la música y él la hizo girar entre sus brazos y se concentró en la danza. La mujer no le interesaba. Sólo una mujer le interesaba. Y estaba «bien» donde estaba, en el otro extremo de la pista de baile, llevando el ritmo de la música con la puntera del zapato.

Ella lo miraba. Podía sentirlo. Podía notar sus ojos siguiéndolo mientras se movía. Casi podía notarlos físicamente, como si las yemas de sus dedos recorrieran el borde de su oreja, acariciaran su nuca, calentaran su cuerpo, hicieran hervir su sangre.

Amelia murmuró algo. No lo oyó. No la miró. Sus

ojos estaban en Natalie al otro extremo de la pista y bailaba sin pensarlo. Su abuela le había enseñado de pequeño.

«Siente el ritmo», solía decirle, «deja que te lleve».

Así lo hacía, pero aunque en sus brazos estaba Amelia, en su mente estaba Natalie con quien deseaba bailar, pero sólo Dios sabía lo que sucedería si lo hacía. Así que no lo haría. No se atrevía.

Natalie no era una gran bailarina. Se movía con la música, pero sola en su apartamento. Tendía a sentarse en los lados, como estaba haciendo esa noche, y admirar a quienes eran capaces de hacerlo bien. Nunca había querido ser una de ellos. Hasta que vio a Caetano en la pista de baile.

Ver su cuerpo moverse con tanta gracia al compás de otro cuerpo, hizo que deseara ser ese cuerpo. Por supuesto ella jamás bailaría como la dama de honor de Katia. Nunca se movería así, tan bien como lo hacía la mujer que Caetano tenía entre sus brazos.

Pero ya lo había hecho, pensó. Cuando hacían el amor, se movía entre los brazos de Caetano. Sus cuerpos se movían al compás. Habían bailado en la cama.

Lo había conocido más íntimamente de lo que lo haría nunca esa mujer. Y en ese momento, deseó volverlo a hacer. Seguramente se acercaría a ella. Cuando acabara la música, también lo haría su obligación con Amelia.

Breno, siguiendo su mirada, dijo:

–No te preocupes. Baila por obligación, después será tuyo.

Pero terminó el baile y empezó otro y no se acercó a ella. Era una pieza lenta, romántica... perfecta para una tonta como ella, pensó mientras lo veía a él al lado de su abuela al otro extremo de la pista, dándole la mano para ayudarla a levantarse.

Pensó que estaba bien que la sacara a bailar. Notó las lágrimas en los ojos mientras los miraba, los vio bailar despacio, moverse al ritmo de la música.

Vio a Lucia mirarlo e iluminarse con una sonrisa y el rostro de él llenarse de ternura cuando le dijo algo en respuesta. Había perdido su expresión distante por fin. Vivía el momento. Estaba donde tenía que estar. Había hecho feliz a su abuela, exactamente lo que había querido hacer.

Cuando la música terminó, llevó a su abuela a la mesa y se sentó con ella.

Una melodía rápida llenó el aire. Katia y Xanti iniciaron el baile y varias parejas más ocuparon la pista. Pero Caetano se quedó con su abuela, ni siquiera miró en su dirección.

–¿Bailas conmigo? –dijo Breno con un guiño.

–No soy muy buena –objetó ella.

–Yo sí –otro guiño–. Vamos –la agarró de la mano y entraron en la pista girando.

Breno se movía fluidamente, sonreía y la llevaba con facilidad, le daba vueltas como si fuera una muñeca de trapo, sin esqueleto y sin cerebro.

Era mareante, loco, y se movía demasiado deprisa como para poder ver a Caetano con su abuela. Se reía cuando la retorcía. Y cuando la música terminó, la hizo girar y terminó dramáticamente entre sus brazos.

–¿No muy bien? –dijo Breno alzando las cejas–. ¿Otro? –preguntó cuando volvió a sonar la música.

–No –dijo Caetano detrás de ella–. Éste es mío.

La tomó de una mano y la rodeó con los brazos. Sintió que se le doblaban las rodillas. Se acercó a él y notó una parte dura, pensó que sería el cinturón, se acercó más y él apretó los dientes.

Natalie lo miró y se acercó un poco más.

–Bailamos en tu cama –dijo ella mientras se empezaban a mover con la música.

Algo primario brilló en sus ojos al mirarla. Se sostuvieron la mirada.

–Y ahora bailamos aquí –dijo con voz áspera.

¿Bailar? ¿O hacer el amor? Ambas cosas, pensó ella mientras la música la envolvía.

Breno había sido un buen bailarín. Había sido fácil seguirlo. Pero con Caetano, seguía no sólo su cuerpo, seguía su corazón. Podría llevarla a donde quisiera. Había ido hasta allí, ¿no?

–Te deseo –dijo la voz rota de Caetano en su oreja–. No puedo soportarlo más. Cuando esto termine, te quiero a ti. Esta noche.

Eran palabras que había deseado desesperadamente volver a escuchar. Palabras que hacían cantar a su corazón. Incluso las palabras «esta noche» no la desalentaban. Ya no pedía el para siempre.

–Sí –dijo en un susurro, y lo besó en los labios–. Sí.

Capítulo 9

CAETANO la acompañó a su casa en silencio. La mano que le apoyaba en la espalda parecía arder. Y estaba lo bastante cerca para que notara el calor de su cuerpo. La música seguía sonando, suave y romántica en ese momento. El deseo zumbaba en el aire cálido y húmedo.

Aire de la jungla, lo llamaba Caetano.

–La clase de aire que nos vuelve a todos salvajes –había dicho Xanti esa noche con un guiño a la novia–. Salvajes... o amantes.

–O maridos –había respondido Katia entre risas de los congregados.

–Las dos cosas –había reconocido él tomándola en brazos y besándola.

Natalie podía sentir ese aire de la jungla que hervía entre ellos dos.

Caetano se detuvo en la puerta, la abrió y le cedió el paso.

Ella se volvió y lo miró. Sintió esa electricidad que había entre los dos y, por lo que vio en su rostro, él también la estaba sintiendo. Su mirada aún era caliente y oscura y llena de deseo.

¿Debían hacerlo? No era ella quien debía decidirlo. Lo sabía. Era su casa, su familia, su charada.

¿Y si lo hacían, qué le haría eso a ella? ¿Quería averiguarlo? Cuando él no dijo nada, sólo siguió allí de pie, supo que tenía que decir algo.

–Ha sido una boda preciosa. Un hermoso día –deseó que no le hubiera temblado la voz.

–Sí –dijo sin dejar de mirarla.

Recordaba esa mirada. Era la misma que la tenía la noche en que había terminado en su cama. La que la había hipnotizado, devorado. Y esa noche tenía el mismo efecto.

Debería apartar la vista. Dar un paso atrás. Cerrar la puerta.

Pero se quedó allí.

–Caetano –dijo con un susurro apenas audible.

Se pasó la lengua por los labios. Hasta el aire parecía temblar entre los dos.

–Échame –dijo él con voz ronca.

–¿Qué?

–Ya me has oído, Nat. Dime que me marche –apretó la mandíbula.

Ella dudó y después respiró hondo. Sabía qué era lo que le pedía. Y sabía que era sabio, pero no podía hacerlo. No podía darle la espalda. Era ella la que había insistido en que no había nada entre los dos. Era ella la que había dicho «te deseo».

–¿Por qué? –preguntó mirándolo a los ojos.

–Sabes por qué –dijo seco.

–Porque quieres que sea tu conciencia.

–¡Porque quiero que te protejas!

–¿Y si no quiero protegerme? –alzó las cejas desafiante.

–¡Por Dios, Natalie!

–¿Qué pasa si no quiero? –insistió.

–Yo no amo –le recordó áspero–. Yo no me caso.

Dolía oír esas palabras, pero sólo asintió.

–Lo sé –dijo ella finalmente–. No me dices nada nuevo, Caetano. Sabía eso antes de venir hasta aquí contigo. Por eso me lo pediste, ¿te acuerdas? Porque lo sabía y podía afrontarlo y resultar creíble.

La miró más intensamente, pero no se dio la vuelta. Era la verdad. Los dos lo sabían.

–Échame, Nat –volvió a decir.

–No –dijo sacudiendo la cabeza lentamente.

Andando hacia atrás entró en la casita, pero dejó la puerta abierta y siguió mirándolo.

Pasaron los segundos. Tres, cinco. Incluso diez. No contó. Notaba el conflicto en su rostro. Y después la resignación.

–Vale, maldita sea –dijo él finalmente–. Si es lo que quieres... –y entró tras ella.

–Si es lo que quieres, Caetano –dijo ella tranquila.

–Sabes que sí –ya se estaba desabrochando la pajarita.

Dejó la pajarita en cualquier sitio, se quitó la chaqueta y empezó a desabrocharse la camisa.

Natalie cerró la puerta. Y después cerró los ojos pensando que, por doloroso que fuera que él la dejara, siempre le quedaría el recuerdo de esa noche. Quizá era tonta. Quizá cometía el mayor error de su vida. O quizá ya lo había cometido cuando se había enamorado de él.

Daba lo mismo... se volvió y lo tocó. Lo miró sonriendo, y dijo:

–Déjame a mí.

Estaba decidida a sacarle todo el jugo posible a esa noche. Iba a ser la última. Lo amaría, compartiría la cama con él, daría y recibiría placer... pero quería hacerlo de un modo deliberado y quería hacerlo despacio.

–Nat –dijo él sin aliento.

Ella negó con la cabeza.

–Déjame a mí –volvió a susurrar.

Y despacio, con cuidado, le desabrochó los botones de la camisa de pie delante de él. Cuando los hubo desabrochado, él alzó las manos para quitársela, pero ella lo sujetó.

–Por favor.

Me vas a matar –dijo él en un siseo.

–Espero que no –sonrió–. Si te preocupa, puedo echarte –le recordó.

–Eso era antes, ya no.

Habían pasado el punto de no retorno. Le pasó las manos por un brazo, después por el otro, le quitó con cuidado los gemelos. Mientras él temblaba de impaciencia, le sacó la camisa de los pantalones. Sólo entonces le quitó la camisa por los hombros.

Él se quitó la camiseta antes de que ella pudiera respirar.

–¡Caetano!

–Ardo por ti.

–El sentimiento es mutuo –dijo sincera–. Pero tenemos toda la noche.

Él sacudió la cabeza y se quitó primero un zapato y después el otro, después los empujó de un puntapié. Sus manos fueron al cinturón.

–Mío –dijo Natalie agarrándolo firmemente.

Caetano protestó, pero se quedó quieto y dejó que le desabrochara el cinturón y después se lo soltara. Después, mirándolo a los ojos, bajó la cremallera del pantalón. Caetano tensó la mandíbula mientras ella deslizaba la mano dentro del pantalón y recorría su erecto sexo con los dedos.

–Quiero desnudarte yo –dijo él–. Ya.

Natalie asintió y se dio la vuelta para que pudiera desabrocharle los botones. No había elegido ese vestido porque fuera un reto, pero lo era. Nada de cremalleras a lo largo de la espalda. Había una hilera de diminutos botones cubiertos de tela. Alondra, una de las primas de Katia, se los había abrochado esa tarde.

–Oh, Caetano va a matarte –había dicho entre risas.

Natalie lo había dudado. Caetano no le había acercado una mano en todo el viaje. Pero en ese momento lo oía respirar exasperado por el temblor de las manos.

–Lo has hecho a propósito –dijo con una mezcla de diversión e impaciencia.

–No, de verdad que no –protestó ella.

–Llevas todo el día volviéndome loco. Provocándome.

–Es muy recatado –dijo.

Lo era. Un vestido sin mangas, pero con un escote muy alto. Seda color esmeralda que cubría lo esencial.

–Te queda como un guante. Todos los hombres se han deleitado en tus curvas.

–Todos los hombres han estado mirando a Katia.

–Yo no –resopló otra vez, y siguió con los botones–. Y esa raja que tiene a un lado.

–Así puedo andar –dijo–. El vestido es muy estrecho.

–Ya lo creo que lo es. Y cuando bailabas se te veía la pierna. Y después... volvía a desaparecer.

–Me alegro de saber que ha tenido su efecto –murmuró ella.

–Oh, claro que lo ha tenido –sus dedos seguían en la espalda–. De todos modos tú ya no quieres este vestido, ¿verdad? –y antes de que pudiera responder, rasgó lo que quedaba por desabrochar.

–¡Caetano!

Él no respondió, se lo bajó de los hombros y lo dejó caer al suelo. Apartó con los dedos la medio combinación que llevaba y le desabrochó el sujetador y se lo quitó también.

–Mucho mejor así

Ya sólo le quedaba unas diminutas bragas. Cuando se dio la vuelta, en sus ojos vio que ardía el deseo.

Instintivamente, Natalie quiso cubrirse, pero él la agarró de las muñecas y se quedó de pie mirándola. Y ella no pudo hacer otra cosa que mirarlo. Contemplar lo agitada de su respiración.

—Eres tan hermosa —dijo en un jadeo mientras le soltaba las muñecas y le recorría con temblorosos dedos los brazos hasta llegar a los hombros.

Los dedos se deslizaron entre el cabello, después fueron bajando por la espalda hasta llagar al borde de las bragas y las bajaron.

En silencio, ella dio un paso atrás y se dispuso a terminar de desnudarlo a él también. Empezó Caetano a hacerlo, pero un ligero roce de las manos de ella lo detuvo y dejó que siguiera. Hasta que estuvieron los dos completamente desnudos y sólo podían mirarse. Después ella recorrió lentamente con los dedos su pecho, su vientre, su sexo...

—Nat —dijo con voz estrangulada—, vas a acabar conmigo.

Alzó la vista para mirarlo y después lo besó en los labios.

—¿Sí?

—¡Sí! ¡Sí! —dijo en un siseo.

Hizo un rápido movimiento y en un instante la tumbó boca arriba en la cama y se deslizó entre sus piernas.

A ella le hubiera gustado dedicarle más tiempo, haberlo saboreado más, pero sabía que lo había presionado haciéndolo esperar, así que se abrió a él sonriendo, y él la sorprendió acostándose a su lado en lugar de entrando en ella.

—¿Qué? —alzó la cabeza para mirarlo.

Fue el turno de él para sonreír.

—He decidido que tienes razón —dijo con voz áspera y

llena de deseo–. ¿Para qué correr? Tenemos toda la noche –se echó a reír al ver su cara de sorpresa. La besó–. ¿No?
—Toda la noche –dijo ella.
Y después no se dejó pensar más en lo que venía después.

No debería estar allí. No debería haber cedido a la tentación. Pero por alguna razón, en lo concerniente a Natalie, no tenía capacidad de resistencia.

¿Qué hombre con un nivel normal de hormonas podría haber pasado el día con ella, haberla tomado de la mano, sujetado por la cintura, bailado con ella, atisbado ocasionalmente su larga y bronceada pierna cuando el vestido se abría hasta la parte alta del muslo, sentido la cálida invitación de sus labios cuando se había acercado más al final del baile, y después haberla acompañado hasta su puerta y desaparecido?

Si lo hubiera echado... si hubiera dicho que no... lo habría hecho. Lo sabía. No habría hecho nada que ella no quisiera hacer. Pero no había dicho que no... ¿Cómo iba a decirlo él?

La deseaba tanto. Esa semana había sido como un moribundo en medio del desierto, cada vez que la veía era como ver un oasis en el que podría aplacar su sed, y toda la semana no la había rechazado. Pero esa noche no había podido. Sabía que no habría pegado ojo en toda la noche si se hubiera ido a su habitación. Pagaría después. Fuera cual fuera el precio, lo pagaría.

Pero esa noche, sólo esa noche, la pasaría con ella.

Tenía que tocarla, saborearla, contemplar su rostro mientras acariciaba su piel y besaba sus labios y, al final, se enterraba en ella. Pero los mismos pensamientos que hacían que su deseo creciera, también le hacían querer que durara. Ella tenía razón, no había prisa.

Así que echó el freno, se lo tomaría despacio. Para saborearla. Para amarla.

La besó un hombro y después fue bajando por el brazo. Le mordisqueó los dedos. Y cuando ella se estremeció y cerró la mano, se la abrió y besó la palma. Primero una, después la otra.

Y cuando terminó con eso, notó que le agarraba del pelo cuando su boca se detuvo en la unión de sus muslos.

—¡Caetano! —dijo a medio camino entre la risa, el jadeo y la protesta.

—Shh —chistó sobre sus rizos, los separó, los acarició, sintió su cuerpo temblar.

—¡Caetano! —repitió mientras se curvaban los dedos de sus pies.

—¿No te gusta?

—Bueno... no me importa, pero...

—¿No te importa?

—Vale, sí. Es... maravilloso, me vuelve loca. Quiero... —se interrumpió y sacudió la cabeza.

—¿Quieres?

—Te quiero a ti —lo rodeó con las piernas.

No había ninguna duda de que lo quería. No tenía sentido negarlo. Y no tenía sentido contenerse ya. Estaba demasiado cerca del clímax, Demasiado cerca de hacerse parte de ella. Imposible, por mucho que quisiera, apartarse de ella.

Se movió, pero ella lo agarró.

—No vas a... —dijo ella.

—... ir a ningún sitio —prometió—. Sólo aquí —añadió mientras ella lo soltaba lo suficiente para que pudiera moverse y llenarla.

Cerró los ojos para disfrutar del suave calor que lo rodeaba. Encajaban perfectamente, pero se quedó quieto porque sabía que, si se movía, habría terminado.

Y entonces los dedos de ella bajaron por su espalda mientras arqueaba la suya para recibirlo por completo. Caetano gimió, sintió la urgencia que crecía dentro de él y de nuevo supo que Natalie era una tentación que escapaba a su capacidad de resistencia. Lo tenía.

Se entregó temblando al mismo tiempo que, con regocijo, sentía los temblores del clímax de ella.

Natalie no durmió. No había tiempo. Necesitaba cada momento entre sus brazos para almacenar recuerdos que le duraran toda la vida. Frotó la nariz contra su suave cabello. Recorrió con los dedos el áspero contorno de su mandíbula. Y rió al contemplar las largas pestañas.

Recordó lo atractivas que le habían parecido esas pestañas la primera vez que lo había visto. Unas pestañas que hacían que su mirada le ablandara los huesos.

Caetano no parecía consciente de ello. Parecía cómodo con su aspecto, pero no usaba su mirada para manipular. No encantaba de un modo deliberado. No era intencionado, pero era de lo más efectivo.

Era una buena persona, un hombre fuerte, amable. Había tenido un atisbo de ello tres años antes, después lo había confirmado trabajando con él y viéndolo con Jamii.

Esa semana lo había demostrado. Para ser un hombre al que no le interesaba mucho la familia, se había entregado a ella día tras día. Se había ocupado de hacer las cosas que su padre no había podido. Había estado allí, seguro y tranquilo, cuando ella sabía que no quería estar.

Todo por su abuela. La quería mucho.

Ella también. Y se sentía culpable por engañarla. Viviría con esa culpa el resto de su vida.

Se acurrucó más cerca de él como si así pudiera absorberlo en su corazón. Él suspiró, aún dormido, y la abrazó.

«Sí», pensó ella, «Sí, por favor».

Pero sabía que sólo era el momento. Ni siquiera toda la noche. Se despertaría y la dejaría sola como había hecho cada vez que habían compartido la cama. Trató de no moverse, de hacer que durara todo lo posible.

Pero él suspiró y volvió a moverse. Abrió los ojos y se encontró con los de ella a la luz de la luna. Su gesto era grave. Ya no sonreía. Y ella temió que empezara su tristeza.

Caetano se movió para reducir la distancia entre sus labios. Su cálida boca tocó la de ella y después se separó lentamente. Natalie se concentró para no colgarse de él. Incluso se separó un poco.

Quedó conmocionada al no sentir que el colchón se movía porque él saliera de la cama. No se marchó, sino que se acercó más y la rodeó con los brazos adaptando su cuerpo al de ella.

Natalie se tensó por la sorpresa. Después contuvo la respiración y esperó a que él la soltara. Notaba su cálido aliento en la nuca.

–¿Caetano?

–Mmm –fue más un suspiro que una respuesta.

No se atrevió a tener esperanza. Sujetó la mano de él contra un pecho y se concentró para que durara siempre. Sabía que no sería así, que era una tontería, pero era todo lo que tenía.

Y cuando las lágrimas empezaron a correr desde sus ojos, se aseguró de que él no se diera cuenta.

Su abuela lo esperaba cuando volvió a la casa a la mañana siguiente. Hizo café y puso una taza delante de él sin decir nada, después se sentó frente a él en la mesa.

Lo que dijo no hizo la mañana más fácil.

–Es bueno, Caetano –le dedicó una sonrisa–. Natalia y tú sois buenos.

«Buenos mentirosos», pensó severo. Pero ya casi se habían marchado. Su avión salía esa noche. La charada terminaría pronto.

Le habría gustado tomarse el café en el porche, pero sabía que ella esperaba que se quedase. Así que se quedó sentado y trató de no estar muy inquieto, aunque se sentía igual que cuando había hecho algo mal de pequeño y temía que ella lo descubriera.

La abuela asintió y lo miró por encima de la taza.

–Has elegido bien –lo miró con amor–. Sabía que lo harías.

Lo que hizo que se sintiera aún peor. A ella le gustaba Natalie, ya había sabido que sería así, y él se estaba aprovechando de ello para engañarla.

–Me alegro de que lo apruebes –sonrió.

–Lo hago –le tocó la mano por encima de la mesa–. Tu padre estará feliz, creo –dijo con una sonrisa desvaída–, pero se tirarán los trastos a la cabeza.

–¿Tú crees?

–Sí –sintió–. ¿Katia? Será un reto para Xanti. Como lo fue tu madre.

Caetano alzó las cejas. Ni siquiera sabía que su abuela hubiera conocido a su madre. Nunca había hablado de ella.

–Eran una buena pareja Xanti y Aurora. Locos y jóvenes y demasiado cabezotas para su propio bien. Se querían, pero sus vidas eran tan distintas... y ninguno estaba dispuesto a ceder un milímetro.

–No sabía. Pensaba que ellos...

Pero no quería decir lo que pensaba. Había dado

por sentado que habían sido poco más que dos barcos que se encuentran por la noche. Cada uno una aventura de una noche para el otro.

–Nadie ha dicho nunca nada.

–Discutían, peleaban –dijo su abuela–, daban portazos. Y al final Aurora dio la estampida. Volvió a su casa en Estados Unidos. No le dijo nada de ti. Cuando él fue a verla fue una conmoción descubrirte. Y, claro, debía casarse porque Xanti es así.

–Poco práctico –dijo Caetano.

–Idealista. Testarudo. Lo mismo que tu madre. Se casaron. Pero ninguno cambió –extendió las manos–. La gente es como es.

–Sí.

–Tiene que tomar sus propias decisiones. Ser sincera consigo misma.

–Sí.

–Pero no engañarse a sí misma. Es bueno que Xanti al final se haya dado cuenta de eso.

–Sí.

La abuela bajó la mirada y contempló su taza de café un largo momento, después alzó los ojos y lo miró.

–Me alegro por él. Estoy feliz por irme viéndolo feliz.

–No vas a ir a ningún sitio –protestó Caetano.

–Sí –dijo la abuela–. Soy vieja. Estoy enferma. Estoy preparada.

–¡Yo no!

–Las cosas no siempre son como queremos que sean –rió suavemente–. Has sido una gran alegría, Caetano. Has hecho mi vida mucho mejor. Cuando Xanti me habló de ti, pensó que me enfadaría, que no querría verte. Yo me enfadé porque no tuviera un padre mejor, pero no contigo, Caetano mío. Las cosas pueden no haber sido como yo quería que fuesen, pero han ido bien. Y desde que viniste, sólo trajiste felicidad.

–No he venido lo suficiente –dijo rápidamente agarrándole la mano con fuerza–. Me quedaré.

–No. Tienes una vida a la que volver. Has venido ahora, cuando era importante.

–¡Por Xati! Me quedaré por ti.

–Vuelve a casa –dijo la abuela con firmeza. Se llevó la mano a la boca y la besó–. Me llevarás en tu corazón.

Él se había marchado cuando se despertó, por supuesto.

Natalie sabía que sería así. Se recreó en los recuerdos de lo que había hecho. Empezó a hacer el equipaje y, al mismo tiempo, trató de memorizar más recuerdos de la casa, del jardín, del modo en que el sol atravesaba las persianas. Se llevó a la cara la almohada en la que había dormido Caetano e inhaló su aroma.

Pudo verlo en el porche al otro lado del jardín. Estaba ayudando a su abuela a acomodarse en un sillón. Lo hacía con tanta suavidad. Lo recordó con Toby en la oficina. Lo recordó con Jamii en el mar, cómo la había protegido, lo cuidadoso que había sido con ella y, al mismo tiempo, cómo había hecho que ella creyera en su propia capacidad. Daba y daba.

Y no tomaba nada para él. Porque no quería nada, se recordó.

No, eso no era cierto. La quería a ella la noche anterior. Sí tomaba algo: sexo. Era en el amor y en el compromiso en lo que no confiaba.

–Oh, Caetano –murmuró abrazando la almohada mientras las lágrimas le inundaban los ojos.

«Sé fuerte», le había dicho él a Jamii, «haz lo que

tengas que hacer». Y la niña lo había hecho. Y ella lo haría. Pero era duro.

Y sólo pudo inclinar la cabeza cuando, mientras Caetano metía sus maletas en el maletero de un coche alquilado, la abuela le agarró la mano y le dijo:

–Tú amas a mi Caetano –fue una afirmación, no una pregunta.

Natalie se alegró porque no era mentira, y Caetano habría notado la verdad en su voz si hubiera sido una pregunta y hubiera tenido que responder. Sonrió y acarició los dedos de la abuela. Pero para la abuela no era suficiente.

–Le amas para siempre –su tono se volvió urgente, y esa vez más que una afirmación, sus palabras fueron una orden.

La miró a los ojos, y con esa mirada, parecía decir: «Prométemelo». Y ella asintió aturdida.

«Lo haré», dijo con las palabras de su corazón. No era nada más que la verdad.

Capítulo 10

EL TRABAJO duro, solía decir el abuelo de Natalie, curaba todas las enfermedades.

«¿Qué pasa con los dedos magullados?», le preguntaba ella. «¿Y las migrañas?».

«Bueno, ya lo verás», le decía él con sus gafas bifocales y la sabiduría de los ochenta años.

Y en ese momento lo veía.

Los dedos magullados no eran nada. Incluso las migrañas no dolían como lo hacía aquello. Estaba sola. Caetano no llamaba. No aparecía. Para él, sin duda, había dejado de existir.

Así que se había lanzado al trabajo. Se levantaba a las cinco, ¿para qué quedarse en la cama si apenas dormía?, y se ocupaba de todo el trabajo de papeleo que había que hacer antes de que Sophy llegara a la oficina.

—Es el cambio de hora —había explicado antes de que su prima preguntara.

—Son dos horas —decía Sophy socarrona.

—No puedo evitarlo. Me despierto.

—Eso parece. Pero no es el cambio de hora la causa —dijo con voz desafiante.

Natalie se concentró en la pantalla de su ordenador.

—¿Sabes algo de él?

Natalie pensó en hacer como que no tenía ni idea de sobre qué hablaba Sophy, pero era plenamente consciente de que no tenía sentido negarlo.

–No –dijo tratando de mantener un tono equilibrado–. No lo espero, además.

Sintió la intensa mirada de Sophy, pero no alzó la vista para mirarla. Hubo un largo silencio y después su prima dijo con calma:

–Quizá deberías.

–Quizá –dijo ella tras un largo silencio.

Pero no pensaba concebir más esperanzas.

–He venido a traerte unos melocotones –dijo Laura dejando una bolsa en la encimera de la cocina de Natalie.

Era una visita sin anunciar, y que Natalie estaba convencida de que sólo en parte se debía al exceso de fruta producido por el árbol del jardín. Habían pasado diez días desde que había vuelto de Brasil y aún no había visto a su madre.

Había hablado con ella, por supuesto. Había llamado la noche que había vuelto y Laura le había hecho preguntas llenas de curiosidad, preguntas que ella sabía que no podía responder.

En ese momento no habría podido mentir más aunque le hubiese ido la vida en ello.

–Ya hablaremos –había prometido a su madre–. Estoy muy cansada.

Había estado jugando la carta del cansancio y del mucho trabajo desde entonces. Y la paciencia de Laura se había acabado.

–Caetano dice que lo pasasteis muy bien en Brasil –afirmó su madre con los ojos brillantes mientras la miraba picar unas verduras.

–Así fue –dijo ella.

Tenía que haber un dios, pensó, porque picaba cebolla y eso le daba una coartada para poder llorar, lo que hacía más fácil la conversación.

—Pues no me has contado nada —añadió Laura ligeramente indignada.

—He estado ocupada. Le dejé todo el trabajo a Sophy durante una semana, tengo que ponerme al día. Además, tú ya has hablado con Caetano.

—Es un hombre. Los hombres no cuentan nada.

O si lo hacían, no era para decir lo que se quería escuchar, pensó Natalie. Se concentró en la cebolla.

—Dice que la boda salió muy bien —añadió Laura.

Era demasiado esperar que le hubiera dejado los melocotones y se hubiera marchado sin hacerle un tercer grado. Encima, su madre puso a calentar agua para hacer un té.

—Y le has gustado a su abuela.

—Sí.

—Me sorprendió que hiciera eso —sacó dos tazas—. Y después... Bueno, esperaba... —la miró especulativa.

—No —dijo ella con firmeza—. Sabes que era trabajo. Un favor, o algo así. De hecho, estoy sorprendida de que lo aprobaras.

—¿Te refieres al subterfugio? No es cosa mía aprobarlo o no —dijo Laura sorprendiéndola—. Con los años he aprendido a no esperar que las cosas sean siempre como deberían ser.

Natalie asintió. Ella estaba aprendiendo lo mismo.

—¿Fue... todo bien, entonces? —preguntó su madre con dulzura.

Natalie tragó con dificultad. No quería comprensión en ese momento. Estaba demasiado cerca del límite. Tampoco necesitaba compasión. No quería que su madre se diera cuenta de cómo le temblaban las manos.

—Estuvo bien —dijo suave.

Hubo un largo silencio y se preguntó si su madre la presionaría más. Pero no lo hizo. Se sentó en una silla y preguntó:

–¿Qué fue lo mejor?

Se preguntó si sería una nueva táctica, un intento lateral. Hacerle hablar y después llevar la conversación donde quería. O quizá sólo era charla insustancial. También podía hacer eso.

–Las flores –dijo ella.

–¿Las flores?

–Tantas, de tantos colores. Tan distintas de las que conocemos aquí –echó la cebolla picada al plato con el resto de la verdura y después sonrió a su madre.

–Me gustaría verlas alguna vez.

–Quizá la próxima vez que haya una boda en la familia, Caetano te lleve –dijo alegre.

–No creo que haya otra boda por la que vuelva allí.

Al notar el tono de su madre, Natalie se detuvo y la miró.

–¿Qué quieres decir? –tenía un nudo en la garganta.

–Su abuela ha estado muy enferma –dijo con un suspiro.

Natalie deseó protestar, pero se le quedaron las palabras atragantadas.

–Lo sé. Ya estaba enferma cuando estuvimos allí. Pero no quería admitirlo. ¿Está peor?

–Sí.

Natalie estaba segura de que la enfermedad de su abuela había sido la razón por la que Caetano había estado tan lejano y silencioso en el avión de vuelta. Apenas había dicho una docena de palabras en todo el viaje. Había querido reconfortarlo, decir algo que hubiera hecho que se sintiera mejor. Pero no había nada que decir, nada que pudiera ayudar.

Lo único que se había atrevido a hacer había sido agarrarle la mano sobre el reposa brazos y apretársela. Casi había esperado que se hubiese soltado, pero él también le había agarrado la suya. Aun así no había dicho nada. Durante casi todo el viaje había mirado por la ventanilla, silencioso como una roca.

Sólo cuando llegaron a casa de ella dijo más de tres palabras seguidas:

–Gracias, Natalie. No habría podido hacerlo sin ti.

Se había sentido tentada de decir algo gracioso en respuesta a su distante formalidad. Pero no habría tenido sentido. Hubiera dejado patente lo que le iba a doler esa separación. Le habría dicho que su aceptación de todo aquello como una aventura pasajera era una mentira.

Ya estaba harta de mentiras, pero era importante que ésa fuera la última y se mantuviera hasta el final. Así que se limitó a asentir y decir tranquilamente:

–Me he alegrado de poder hacerlo.

Llevaría esos recuerdos con ella el resto de sus días. Recordaría esos días y lo recordaría a él siempre.

Él en ningún momento dijo: «Ya nos veremos». Nunca dijo: «Ya te llamo». Nunca dijo: «Me gustaría volver a acostarme contigo».

Así que quizá él ya sabía que ella había quebrantado las normas.

La despedida había sido muy educada. Apropiada. La forma adecuada de poner fin a un acuerdo de negocios, supuso.

Se habían dedicado sonrisas formales, aunque apenas se habían mirado. Por un momento sus ojos se habían encontrado y él rápidamente había dicho «adiós» y estrechado su mano. «Gracias de nuevo». Y se había dado la vuelta y alejado.

Desde entonces Natalie no había sabido nada de él. Tampoco lo esperaba. Sabía que jamás sucedería.

Tampoco había hablado de él. No podía.

Pero parecía que esa obsesión por evitarlo no podría durar mucho tiempo. Así que se hizo fuerte y decidió afrontarlo.

—Me gustó mucho su abuela –dijo.
Laura asintió.
—Caetano realmente la adora.
—¿Va a volver a Brasil?
—Eso espero –Laura pareció triste. Sirvió el té en las tazas–. Ahora no está. Le dije que se tomara unas pequeñas vacaciones. Está muy distraído desde que volvió. No es el Caetano de siempre.
—No.
¿Se habría ido solo a esas pequeñas vacaciones? ¿O ya habría encontrado otra mujer que ocupara su sitio en la cama? Casi se cortó con el cuchillo.
—Al principio pensaba que era culpa tuya –dijo Laura trayéndola de vuelta al presente.
—¿Mi culpa? ¿Qué podría ser culpa mía?
—Su distracción. Pensaba que podrías haber hecho algo que lo hubiera alterado.
—No –dijo firme–. Excepto por lo que respecta a su abuela, Caetano no se altera por nada –lo sabía demasiado bien.
—Sí, cuando me dijo lo enferma que estaba, me di cuenta de que eso era lo que le preocupaba.
—Nada relacionado conmigo –se tragó el nudo de la garganta y siguió picando verdura–. Tengo fotos de la boda. ¿Quieres verlas?
—Me encantaría –se animó.
A ella no, sería muy doloroso, pero le ayudaría a racionalizar los días pasados en Brasil con Caetano.
—Quédate a cenar y te las enseño después.
Laura la miró sonriente, y ella hizo todo lo posible por devolverle la sonrisa. Le estaba costando un gran esfuerzo actuar como una persona equilibrada y madura, pero lo estaba consiguiendo.
No se echó a llorar. No se bloqueó... mucho. Cuando la voz se falló un par de veces, su madre lo achacó a la

preocupación por la abuela de Caetano y las emociones evocadas por la boda.

Natalie no la sacó de su error.

Tras la marcha de Laura, se felicitó a sí misma por la interpretación que había hecho. Se olvidaría de él. Saldría adelante sin él.

Y si lloraba para dormirse esa noche, se diría que las cosas mejorarían. Tenía que ser así.

No podía pasar los siguientes sesenta años así.

Llovía a cántaros. Era triste. Hacía frío. Quienes decían que en el sur de California no había frío, debería estar allí en ese momento, pensó Natalie mirando la gris mañana de septiembre. El frío le llegaba a los huesos.

—No puedo recordar la última vez que llovió en septiembre —dijo a Sophy cuando su prima llamó.

—El año pasado —dijo cortante—. ¿Qué te pasa?

—Nada.

Todo. No era el tiempo. Quizá era algo más profundo. Había pasado casi un mes desde que había vuelto de Brasil y podía decir honestamente que en esa boda había sido la última vez que había sentido calor. En ese momento, mirando en la ventana de su apartamento correr el agua por el cristal, pensó que, al menos, el tiempo iba a juego con su estado de ánimo.

Si no hubiera sido casi mediodía, hubiera recurrido a la excusa de que era sábado y se hubiera vuelto a meter en la cama con la cabeza tapada.

Como lo era, estaba sentada en el sofá de su salón deseando tener cerca a Herbie para acariciarlo. Se sentía desolada. Perdida. Sola. Casi no había respondido al teléfono cuando había sonado, pero tenía que dejar de comportarse como una babosa.

–Estoy bien –dijo con toda la convicción que pudo acumular.

–Sí, vale –dijo Sophy–. Tienes que salir. ¡Hacer algo! He tenido paciencia, he esperado que se te pasase.

–Se me está pasando –dijo Natalie–. Sólo que lleva su tiempo.

–Sinceramente, resultas patética. Yo no me metí en casa hundida después de Géorge.

–No es lo mismo.

–Claro que lo es. ¿Cuánto tiempo te vas a engañar a ti misma?

–¡No me engaño a mí misma!

–Completamente –replicó Sophy–. Te arrastras por ahí deprimida por su culpa.

No había dicho a quién se refería ese «su», pero Natalie sabía que no tenía sentido negarlo.

–No es lo mismo. No me he casado con Caetano, he ido a Brasil con él. Si he engañado a alguien, ha sido a su abuela, pero tampoco abiertamente. Y no me siento orgullosa de ello.

–Supongo que no –dijo Sophy con una sorprendente comprensión en la voz–. ¿Cómo está ella?

–No lo sé.

Ni siquiera su madre tenía noticias. O si las tenía, no se las había dado a ella. Habían pasado dos semanas desde la cena y las fotografías. Apenas habían hablado por teléfono desde entonces. Pero como Caetano seguía fuera, Laura había vuelto a Iowa a hacer una visita.

–Lo siento –dijo Sophy–. Pero de verdad, Nat, tienes que superarlo. Tienes veinticinco años. Tienes toda una vida por delante. Habrá otros hombres. Hombres mejores –añadió firme.

Natalie deseó poder creerlo.

–Sí –dijo abúlica–. Seguro que tienes razón.

—Tengo razón. Los Savas son un grano en el trasero. Hablo por experiencia —añadió seca.

—Sí —deseaba creerlo, pero no podía.

Era su propia idiocia lo que la había llevado hasta allí. Caetano nunca había querido hacerle daño. Jamás le hubiera pedido que la acompañara si no hubiera creído lo que le había dicho de que su corazón no estaba implicado.

«Yo no amo. Yo no me caso». No podía haber sido más explícito.

Así que, si se sentía herida, era culpa suya, no de él. Se lo había advertido.

Había sido ella la que había creído que estaría a salvo. O, si no a salvo, al menos se había propuesto disfrutar mientras durase y no pensar en el dolor posterior.

Completamente estúpida.

—Es culpa mía —dijo a Sophy.

—Eso es exactamente lo que pienso —dijo haciendo un ruido desagradable con la lengua—. Tienes que salir. Te buscaré una cita.

—No.

—Lo voy a hacer —prometió Sophy—. Un buen hombre.

—No se te ocurra.

—Espera y verás, te lo mandaré.

—Sophy —le advirtió Natalie.

—¿Qué más vas a hacer esta deprimente mañana?

—Podría haber ido a Disneyland con Dan y Co.

—Pero no lo has hecho —señaló Sophy.

—Porque está lloviendo.

—Porque andas por ahí llorando y sintiendo lástima de ti misma. Tienes que despertar. Saltar. Tengo la solución: un marido de alquiler.

—¡No!

–Vamos, Nat. Tengo un tipo nuevo en la agenda. ¿Te acuerdas del primo de Walter, el amigo de Larry?

–¡He dicho que no! –incapaz de bromear sobre el asunto, colgó el teléfono.

Fue a la cocina y puso agua a calentar. «Contrólate», se dijo. «Sophy se preocupa por ti, sólo está de broma». De pronto llamaron a la puerta.

–Oh, no.

Sophy había llevado la broma demasiado lejos. ¿Estaría el primo de Walter, el amigo de Larry, tan desesperado por conseguir un trabajo que estaba dispuesto a ayudar a una deprimida prima de Sophy un lluvioso sábado?

Pues no era gracioso, y temió tener que ser desagradable con un pobre tipo que...

Volvieron a llamar a la puerta. Puso la sonrisa de jefa amable y abrió la puerta.

–Mira, no me importa lo que te haya dicho Sophy, pero no necesito...

No era el primo de Walter, el amigo de Larry.

Se quedó sin palabras. Sólo podía mirar.

Y Caetano le devolvía la mirada. Y había en ella tanto deseo y angustia que jamás había visto algo semejante. Ni siquiera la última noche en Brasil cuando habían hecho el amor.

Se quedó paralizada con la boca abierta, incapaz de decir nada. Al final, casi en un graznido, dijo:

–¿Qué quieres?

–Casarme contigo. ¿Quieres?

Era lo último que esperaba oír.

No podía haberlo oído bien. Tenía que ser una alucinación. Quizá también se lo estaba imaginando a él. Parpadeó furiosamente esperando que Caetano se convirtiera en el primo de Walter, el amigo de Larry.

–¿Nat? –preguntó impaciente.

Era la voz de Caetano la que llegaba a sus oídos.

—¿Qué?
—Me estoy empapando —dijo agitado, molesto, nervioso... y muy real.
—¡Oh! Eh... sí. Pasa —abrió la puerta del todo y Caetano entró.
Se quitó la chaqueta y Natalie se la quitó de la mano, la llevó a la cocina y la colgó en el respaldo de una silla. Volvió, y él seguía donde lo había dejado.
—Te traigo una toalla —dijo ella.
Él negó con la cabeza.
—Deja la toalla. Sólo responde a mi pregunta —no era el tono indiferente que solía emplear.
Una vez más sus miradas se encontraron, y volvió a preguntarse si habría oído bien.
Podría no haber estado. Haberse ido a Disneyland.
La lluvia no era la auténtica razón por la que no había ido. La verdadera razón era que no quería enfrentarse a Jamii. A su madre y a Sophy se las podía quitar de encima con evasivas, pero a Jamii sería imposible. Habría querido saberlo todo sobre el viaje, sobre Caetano... dónde habían ido, qué habían hecho. No podría haber recurrido a las evasivas.
Y ella no podría haber evitado que se le quebrase la voz. Tampoco podría haber contenido las lágrimas.
Y ahí lo tenía, en su salón, tenso y nervioso, mirándola.
—¿Te casarás conmigo?
—Tú no te casas —le recordó.
Se pasó la lengua por los labios y después asintió.
—Pensaba que no.
—¿Y ahora sí?
—Sí.
—¿Así, sin más?
—Sí —su respuesta fue firme y tranquila y su mirada abrasaba.

Pero ella necesitaba saber más, mucho más.
—¿Por qué?
—Porque te amo.
Tampoco había esperado eso. Había esperado un argumento racional. Una exposición de abogado. No palabras que le llegaran al alma. Palabras que deseaba creer desesperadamente. Y no podía, aún no.
—Tú tampoco amas.
—He dicho muchas estupideces. Pensado muchas estupideces. Y es verdad. No quería enamorarme. ¡No quería echar a perder mi vida!
—Muchas gracias —dijo seca con un nudo en la garganta.
—No quería decir eso —empezó a pasear por el salón—. No creía en el compromiso. El hasta que la muerte nos separe y todo eso. No lo he visto funcionar jamás —la miró angustiado—. ¿Por qué meterse en eso? Parecía demasiado riesgo.
—¿Y ya no?
—Ahora no tengo elección —dijo parándose a mirarla.
—Claro que tienes elección —dijo con toda la frialdad que pudo—. Nadie te pone una pistola en la cabeza. Puedes salir por donde has entrado hace un momento.
—No quiero...
—Sé cuál era el plan, Caetano. Acepté tus términos. Y no voy a languidecer —no lo haría, aunque sintiera ganas de ceder. Lo miró a los ojos—. Nunca te he rogado que vinieras.
—No —admitió él—. Soy yo quien se pone de rodillas.
Su mirada casi la derritió, pero se contuvo. No se movió.
—Te amo, Nat. ¡No quiero hacerlo! Dios me ayude, no quería que me importaras. Es un riesgo. Pregunta a muchos de mis clientes. ¡Pregunta a tu madre! —volvió

a pasear–. Pensaba que jamás lo haría. Pensaba que mientras hubiera límites, estaría a salvo –se volvió a mirarla–. No hay nada seguro en lo que se refiere a ti. Has sobrepasado todos mis límites. Has derribado mis murallas. Estás conmigo durante todo el día. Donde esté, ¡estás tú!

Natalie no sabía si era una acusación o una declaración de amor. Tenía un aspecto horrible.

–Lo siento –se encogió de hombros.

–No lo sientas. Jamás he sido más feliz en mi vida.

–Sí –casi se echó a reír–. Claro que lo eres. Sólo hay que verte.

–Ahora no, maldita sea. ¡Entonces! Cuando estábamos juntos. En la playa. En Brasil. En el trabajo. En casa. En todas partes que he estado contigo. Cada vez que estabas conmigo. No sólo en la cama, Nat –y añadió–: Aunque he de admitir que es una parte.

Natalie buscó el respaldo del sillón que tenía al lado. Necesitaba agarrarse a algo. Necesitaba apoyo. Tal y como transcurrían las cosas, podría desmayarse en cualquier momento.

–Lo que siento me aterra –dijo francamente–. ¿Cómo no? He visto tantas parejas que la han cagado. Tantos matrimonios, tantas relaciones, la de mis padres la primera, que han ido mal –respiró hondo–. Pero no intentarlo –sacudió la cabeza–. Renunciar a lo mejor que me ha pasado sin preguntarte si quieres intentarlo conmigo... no puedo hacerlo.

Dejó de hablar. Fuera llovía a cántaros. Si no hubiera sido por la lluvia, Natalie pensó que se oiría el latido de sus corazones.

Conscientemente, soltó el respaldo del sillón, respiró hondo, ordenó sus ideas, empezó a hablar, pero Caetano aún no había terminado.

–Sé que tu padre te hizo daño cuando dejó a tu madre. Sé que hizo que recelases del matrimonio. Y sé que has dicho que no querías casarte. No tengo ningún derecho a pedírtelo. Supone cambiar las reglas. No es jugar limpio. Es...

—Amor.

—¿Qué? —la miró intensamente.

—Es amor —repitió con la voz un poco más fuerte—. Comprendo el amor, Caetano. Te amo —lo dijo despacio, deliberadamente, poniendo en ello toda la intensidad que sentía.

Caetano no se movió. No habló. Era como si no pudiera creer a sus oídos... las palabras de ella.

Y entonces, como ella no decía nada, dio cuatro pasos y la abrazó.

—Oh, Dios, Nat. Oh, Dios —estaba frío y mojado y tiritaba.

Al mismo tiempo sentía sus brazos alrededor de ella y su corazón latiendo con el de ella, y era lo más maravilloso que había sentido en su vida. Y también lo abrazó.

—¿Lo dices de verdad? —murmuró sobre su cabello—. ¿No lo dices por decir?

—¿Quieres decir si te sigo la corriente? —sonreía, e inclinó la cabeza para besarlo.

Se echó hacia atrás para mirarla y frunció el ceño.

—No te sigo la corriente —dijo ella—. Digo la verdad. Te he amado... siempre, parece. Antes de saber lo que hacía, hace tres años...

—Eso no era amor —protestó Caetano.

—No, no lo era. Era atracción y hormonas. Y buen gusto —añadió con una sonrisa—. Pero ahora es amor.

—Gracias a Dios —respiró aliviado y la abrazó con más fuerza—. Mi abuela tenía razón.

—¿Qué quieres decir?

Caetano buscó la cartera en un bolsillo y después le

tendió una hoja doblada. Con dedos trémulos, Natalie la desdobló. Era una escueta carta escrita con letra temblorosa en portugués. Natalie la miró y no dijo nada.

–Te la leo –y empezó a traducir–: «Mi Caetano», dice. «Te quiero por tratar de hacer mis últimos días los más felices de mi vida. Te quiero por... por traer a Natalie para que me conociera aunque no estés realmente comprometido con ella. Puedes ser abogado, Caetano, pero no puedes engañar a tu abuela. Deberías saberlo ya».

–¿Lo sabía?

–Lo descubrió –dijo irónico–. Sabía lo que pensaba del matrimonio, de mis padres. Me conocía –admitió. Carraspeó y siguió leyendo–: «Pero lo sepas o no, tu corazón la ha elegido a ella. Y el suyo a ti».

–Vio cómo te miraba –dijo Natalie al recordar.

Caetano asintió y siguió leyendo.

–«Natalie te... te amará si la dejas» –la miró de reojo–. «No te presionaré, mi nieto...» –se detuvo y respiró hondo para poder continuar–: «pero espero que aprendas a confiar en tu corazón... y en ti mismo. Eso será lo que más feliz me haga» –se le cerró la garganta y tragó con dificultad.

–Lo sabía –susurró Natalie de nuevo mientras las lágrimas le corrían por las mejillas. Lo miró llena de felicidad–. Podemos regalarle otra boda sin el jaleo de la otra.

–Murió el sábado pasado –se le quebró la voz–. En mis brazos.

Sus vacaciones. Su espacio había sido dedicado a acompañar a su abuela en su último momento.

Era un hombre tan reservado que ni siquiera se lo había dicho a Laura.

Natalie deseó haber podido ir con él. Deseó haber podido disculparse con su abuela por haberla decepcionado. Deseó haberle podido agradecer a esa asombrosa mujer que hubiera mirado su corazón y la hubiera comprendido, reconocido su amor por Caetano y haberla bendecido.

–Lo siento mucho, mucho, pero me alegro de haberla conocido. Y me alegro... me alegro de que lo supiera –lo rodeó con los brazos, amándolo, feliz de por fin tener derecho a hacerlo.

Se mecieron juntos reconfortándose y recordando.

Y entonces Caetano dijo:

–Estás temblando –dio un paso atrás–. Te estás enfriando. Y estás mojada –suspiró y sacudió la cabeza–. Por mi culpa.

–Conozco una forma de entrar en calor –dijo ella, y tiró de él hacia el dormitorio.

¿Había fantaseado con tenerlo allí? Oh, sí. Y en sus fantasías había disfrutado, pero la realidad era mucho mejor.

Se desnudaron deprisa, riendo por los dedos torpes y los pies inestables. Y se lanzaron juntos a la cama y cubrieron con el edredón sus cuerpos mojados y fríos. Y entraron pronto en calor.

–Te lo había dicho –dijo ella besándolo y acariciándolo y dejándose hacer lo mismo.

–Chica lista –sonrió.

La sujetó con una de sus piernas, sumergió la cabeza bajo el edredón y empezó a besarla en los pechos y siguió luego hacia abajo.

Y Natalie, ardiendo ya, encantada con sus movimientos, metió las manos bajo el edredón y lo agarró del pelo. Gimió cuando él alcanzó su centro.

–¡Caetano!

Tiró, pero él no cedió. Le separó las piernas y siguió con lo que hacía. Natalie se mordió los labios y se estremeció. Su espalda se arqueaba mientras el placer crecía. Sus dedos se agarraron a su pelo mientras la ola del clímax la recorría.

Mientras ella yacía aún temblorosa, Caetano alzó la cabeza y, con mirada de satisfacción, dijo:

–Llevaba tres años queriendo hacer esto.

Natalie se ruborizó.

–¡No es verdad!

Era una de las cosas con las que había fantaseado, pero imaginarse a ella siendo objeto de sus fantasías, la hacía calentarse aún más.

Caetano rodó hasta ponerse boca arriba y la colocó encima de él.

–¿No era eso lo que querías hace tres años cuando te metiste en mi cama? –sonreía.

Ella se movió haciendo que él apretara los dientes por la fricción de su cuerpo.

–Quería amarte –dijo sincera.

Su sonrisa se desvaneció y su lugar lo ocupó un gesto solemne.

–Que es exactamente de lo que yo tenía miedo. Así que te rechacé. Pero la semilla estaba en la tierra. El recuerdo siempre ha estado ahí. No podía sacarte de mi cabeza.

–Me alegro tanto.

–Yo también. Ahora.

–¿Has... –dudó– de verdad nos has... me has...? –volvió a ruborizarse.

–Cada vez que te he visto después de aquello. Podías estar visitando a tu madre, sacando la basura o con el gato en el regazo, de inmediato te recordaba en mi cama.

–¡En tu cama no pasó nada!

–Habías estado allí. Era todo lo que necesitaba. Tengo buena imaginación –añadió escueto.

Después volvió a besarla, abrazarla, acariciarla

como si no la fuera a soltar nunca. Natalie sentía las lágrimas en los ojos mientras lo besaba y se acomodaba sobre él sintiendo que se complementaban cuando entró en ella.

Caetano arqueó la espalda y respiró entrecortadamente con los ojos cerrados.

–¿Te has imaginado esto? –preguntó ella sonriendo mientras subía y bajaba.

–No me... atrevía –su voz se entrecortaba cada vez que ella se movía–. Me habría... dejado para el arrastre.

Natalie rió suavemente mientras sentía el cuerpo de él temblar debajo del suyo intentando mantener el control.

–No queremos eso, ¿verdad? No con mucha frecuencia, en cualquier caso.

Sonrió y se levantó y después, despacio, bajó y se inclinó para besarlo en los labios mientras él se levantaba para encontrarse con ella.

Sus manos agarraron sus caderas y volvió a levantarla, después la dejó bajar. Otra vez. Y otra. Natalie sintió su propia necesidad empezar a crecer. Y cuando él echó la cabeza hacia atrás, su cuerpo entero se puso rígido mientras lo recorría el clímax, su propia marea la recorrió con una exquisita sensación de ser un todo con el hombre que amaría siempre.

–Te amo –dijo Caetano.
Podía decirlo con facilidad. A diario. Lo primero por la mañana, lo último por la noche. Con frecuencia entre medias.

Los dos meses que llevaba casado con Natalie habían sido los mejores de su vida. Era suyo, en cuerpo y alma, y no le importaba decírselo.

Desnuda, le sonrió por encima del hombro mientras salía de la cama.

—Ahora vuelvo.

—Será mejor que lo hagas —también sonrió.

Era sábado, tenían mucho tiempo para quedarse en la cama, para disfrutar más.

Algunas veces se preguntaba si había estado en su juicio el día que la había rechazado tres años antes. Pensaba en lo maravilloso que era amarla y se sorprendía por haberla rechazado.

Era el hombre con más suerte del mundo y lo creyó aún más fervientemente cuando su mujer reapareció.

Le tendió una mano y ella, sonriendo y temblando un poco, la tomó y volvió a la cama. Lo besó en el pecho y después lo miró a los ojos. La expresión de su rostro era indescifrable, una que no le había visto antes. De pronto se sintió alarmado.

—¿Pasa algo malo?

Entonces el rostro de ella se iluminó, y dijo:

—Nada malo. Todo es maravilloso.

Entonces él también sonrió aliviado, la colocó encima de él y la abrazó.

—Sí, ¿verdad? —la besó.

—Será mejor —dijo ella.

—Oh, ¿sí? —le acarició la espalda y las nalgas—. No me puedo imaginar cómo.

Lo besó y sonrió.

—No necesitarás imaginación —dijo ella— dentro de unos siete meses.

Le llevó un momento comprender. Se quedó paralizado, sin respiración. La miró a los ojos con pánico y regocijo.

—¿Quieres decir que estás...?

—Lo estoy —dejó escapar una risita—. Pensaba que

podría ser, pero no estaba segura. Así que compré un test de embarazo. Acabo de hacerlo –otra risita.

Se miraron a los ojos.

–Da... –buscó la palabra adecuada y optó por la sinceridad– pánico.

–¿Te arrepientes?

Pero Caetano casi no tuvo que pensarlo. Sacudió la cabeza y sonrió.

–No me arrepiento, sólo estoy aterrorizado.

–Serás un padre maravilloso.

–He tenido un gran modelo en el mío –dijo sarcástico.

Pero eso daba lo mismo, ya nada importaba, sólo la mujer que tenía entre sus brazos y el hijo que criarían juntos.

–Serás mucho mejor que Xanti –dijo Natalie–. Aunque puede que él lo haga mejor esta vez.

La noticia de que su padre, con cincuenta y cuatro años, estaba a punto de volver a ser padre había dejado atónito a Caetano cuando se había enterado. Había sentido lástima por el niño. Pero pensó que Natalie podía tener razón.

Si él había podido cambiar, quizá su padre también.

–Podemos tener esperanza –dijo él, y la abrazó.

–Te amo.

–Yo también te amo –dijo, y volvió a beber de la dulzura de sus labios–. Jamás habría creído posible nada de esto. Ahora no creo posible la vida sin ello, sin ti. No quiero ya nada sin ti.

–El sentimiento, mi amor, es mutuo –y le devolvió el beso con todo su corazón.

Bianca

Ella había sido comprada para placer de él...

Kain Gerard, cautivador, sexy y rico, podía tener a la mujer que quisiera, así que conquistar a Sara Martin no debería ser un problema. La cazafortunas había usado sus encantos para chantajear a su primo y Kain estaba dispuesto a vengarse.

Su plan era perfecto hasta que conoció a la atractiva Sara. Al encontrarse con sus fascinantes ojos, se dio cuenta de que no era la embaucadora que creía... ¡Había chantajeado a una inocente para meterla en su cama!

Trampa para una mujer

Robyn Donald

¡YA EN TU PUNTO DE VENTA!

Acepte 2 de nuestras mejores novelas de amor GRATIS

¡Y reciba un regalo sorpresa!

Oferta especial de tiempo limitado

Rellene el cupón y envíelo a
Harlequin Reader Service®
3010 Walden Ave.
P.O. Box 1867
Buffalo, N.Y. 14240-1867

¡Sí! Por favor, envíenme 2 novelas de amor de Harlequin (1 Bianca® y 1 Deseo®) gratis, más el regalo sorpresa. Luego remítanme 4 novelas nuevas todos los meses, las cuales recibiré mucho antes de que aparezcan en librerías, y factúrenme al bajo precio de $3,24 cada una, más $0,25 por envío e impuesto de ventas, si corresponde*. Este es el precio total, y es un ahorro de casi el 20% sobre el precio de portada. ¡Una oferta excelente! Entiendo que el hecho de aceptar estos libros y el regalo no me obliga en forma alguna a la compra de libros adicionales. Y también que puedo devolver cualquier envío y cancelar en cualquier momento. Aún si decido no comprar ningún otro libro de Harlequin, los 2 libros gratis y el regalo sorpresa son míos para siempre.

416 LBN DU7N

Nombre y apellido	(Por favor, letra de molde)	
Dirección	Apartamento No.	
Ciudad	Estado	Zona postal

Esta oferta se limita a un pedido por hogar y no está disponible para los subscriptores actuales de Deseo® y Bianca®.
*Los términos y precios quedan sujetos a cambios sin aviso previo.
Impuestos de ventas aplican en N.Y.

SPN-03 ©2003 Harlequin Enterprises Limited

Deseo

Asuntos de dormitorio

ANNE OLIVER

Abby Seymour llegó a la Costa Dorada de Australia con la intención de abrir un negocio, pero pronto descubrió que la habían estafado. La habían dejado sin dinero y necesitaba ayuda urgentemente.

El adusto empresario Zak Forrester, intrigado por la bella Abby, le ofreció un sitio en el que alojarse, pero viviendo juntos resultaba imposible controlar la atracción que había entre ellos.

Zak estaba dispuesto a compartir cama con Abby, pero insistía en que ella nunca podría ser su esposa...

En la cama con un taciturno empresario...

¡YA EN TU PUNTO DE VENTA!

Bianca

Él pretende ascender a su secretaria, ella quiere otra cosa...

La sencilla Emma Stephenson no era una secretaria despampanante, pero para Luca D'Amato, mujeriego empedernido, conquistarla se convierte en su juego preferido.

La sensata Emma creía que lo único que iban a compartir era el despacho... ¡no la cama! Pero pronto se da cuenta de lo que significa realmente ser la secretaria de Luca.

Un jefe apasionado

Carol Marinelli

¡YA EN TU PUNTO DE VENTA!